**I venti**
*e altri racconti*
di Claudia Ronchetti

© 2018 Riccardo Condò Editore
ISBN 9788897028710
Stampato da Amazon KDP, U.S.A., su licenza di Riccardo Condò
Editore
Collana Narrativa e Poesia/3
www.ipersegno.it

*Ipersegno* è un marchio editoriale di Riccardo Condò Editore,
Pineto (Te) - Italia.

Claudia Ronchetti

# I venti
## E ALTRI RACCONTI

2018

IPERSEGNO

# Sommario

Non voltarti indietro, o svanirà il ricordo.

L'asfalto scivola, il sole scalda, non c'è più attrito sulla mia strada.

Afa. L'ombra del mio corpo cancellata dal sole a picco.

Ogni dettaglio è perfetto. Cobalto e sabbia, asfalto e polvere. Se manca un'onda, io ce l'ho dentro che sbatte forte sulla battigia. Il mare preme ed è in attesa di un'onda anomala. I fichi d'india bruciano nel mio ricordo.

Mentre cammino, so che mi aspetti. Mentre mi aspetti, trattieni il fiato.

Essere corpo ha un senso antico, essere vivi vuol dire amare.

Salgo le scale, umide, buie; apri la porta.

Non chiudo gli occhi e guardo i tuoi per annegare senza nuotare, mentre le mani mi riconoscono spazio per spazio, battito e voglia. E le mie braccia chiudono a cerchio, un sogno ingenuo, che oggi esiste. Sei prigioniero della mia carne, avvolto e succube di un'avventura. Echeggia musica, il ritmo è nostro. Io come te, non c'è confine che ci separi.

Tu dentro me, insegui un'anima come esistesse. Io retrocedo e mi nascondo dietro il sipario degli occhi chiusi. Che cosa esiste, qual è il mistero che spinge te sempre più oltre, oltre i confini del consentito, dentro le pieghe della mia terra?

Se la mia bocca apre il segreto e tu ci affondi per non morire, se la tua pelle vibra e sussulta sotto le ali delle mie mani, se non importa il viso sfatto, caldo e sudato, le guance accese, allora penso che sia la meta.

L'ombra è tornata sulla strada del ritorno. Tra poco esplode un temporale. Il vento ostacola i miei passi, mi spinge indietro. Voglio tornare, ma non mi volto e penso al gusto che rimarrà per ore e ore sulle mie labbra e sulle sue.

# I venti

Fu quando mancava anche l'aria,
nell'afa crescente di un giorno d'estate,
che comprese l'importanza del vento.

D'intorno era solo palude.
Il richiamo violento ai trionfi del sole
si leggeva dovunque.
La sabbia abbacinava lo sguardo
in fuga dai raggi rifranti
a cercare riposo verso un cielo incolore,
a calmare la sete nel verde lontano.
Vicino erano solo le tife
e un'acqua stagnante
emanante sgradevole odore.

Di lì a poco sarebbe stato tramonto.
Il calore opprimente
avrebbe generato foschia
attenuando la luce invadente.
Ma quell'aria pesante di acqua sospesa
avrebbe addensato l'arsura del giorno
in vapore serale.

Più immota la sera del giorno.

Le stesse striature di umano calore
sospese nel buio del cielo.
La luna intravista,
le stelle offuscate.
I tronchi e i pali
ugualmente dipinti di un nero profondo.
l'assenza di vento e lampi lontani,
taciturni, senza l'eco del tuono.

Tutto concorreva ad aumentare la sua solitudine.

Viveva in una casa isolata nella pianura.

L'arrivo di un altro essere umano poteva essere seguito nel suo avvicinamento dal limite dell'orizzonte fino alla cancellata. Quando l'ospite avrebbe suonato il campanello per annunciare la sua venuta. La visita sarebbe stata rapida, come ogni volta succedeva. Intensa o superficiale; dipendeva dalle circostanze.

\*\*\*

Era arrivato un uomo durante la mattinata. Un conoscente di cui poco avrebbe saputo dire, di cui le sfuggivano persino i tratti del volto e lo sguardo. Il sorriso e il modo di atteggiare la bocca. La gestualità. L'espressività tutta. L'anima.

Verso la meta della mattinata si era dapprima delineata la sagoma di un'automobile. Aveva molto tempo per scrutare i confini della sua terra. C'era chi lavorava per lei.

Territorio di frontiera, il suo. Aveva passato gran parte della vita, giunta pressappoco nel mezzo, a difendere i suoi possedimenti dall'intromissione di estranei. Non voleva condividere con altri interessi, né materiali né spirituali, gestendo da sola una specie di autarchia da *far-west*.

Aveva un obiettivo preciso: mantenere i suoi campi ben coltivati, produttivi al punto giusto, commerciando quel poco che doveva bastarle, curando di non produrre in esubero i frutti della terra.

La pianura si collocava in un'ampia conca, circondata da montagne erose dai secoli. Questa protezione naturale faceva sì che sovente l'aria diventasse stagnante. Il vento, irregolare, rotto nella sua progressione dall'ostacolo geografico dei colli, allora giungeva desiderato. Non era mai identificabile. Era solo un po' più freddo o un po' più caldo. Ma muoveva la vegetazione e i suoi capelli.

Così le persone che giungevano al cancello. Non erano mai né tramontana, né libeccio, né scirocco, ma un vento particolare, privato, gestito da quelle montagne e dal suo sguardo attento.

Quella mattina appunto un uomo arrivò.

Premette brevemente la mano sul campanello, ma già la donna si stava avvicinando avendo da qualche minuto visualizzato il suo arrivo. Un garbato saluto diede inizio alla visita.

Insieme ripercorsero il vialetto di ghiaia fine che portava alla casa, scambiandosi le dovute informazioni di cortesia, che caratterizzano il colloquio di due persone che si incontrano, ma che poco si frequentano e ancor meno si conoscono.

L'aria era ancora opprimente. Neppure l'alba aveva potuto rinnovare il ciclo della giornata, con la rinascita della nuova luce accompagnata dalla freschezza purificante della rugiada.

Era ancora afa e solitudine. Era ancora immobilità.

Ogni angolo del giardino diventava inospitale, ogni stanza della casa si poteva immaginare buia e umida, constatando che tutte le persiane erano rimaste chiuse a difesa dal caldo.

L'ampia terrazza, che percorreva al piano rialzato l'intera facciata, era polverosa. Da troppo non pioveva.

Si accomodarono sulle poltrone in vimini ampie, eleganti, scolorite dal tempo.

"Un caffè?" domandò la donna.

L'assenso fu immediato.

Scostò con facilità la poltrona dal peso leggero e dall'apparenza importante, con quei colori stanchi ed estivi. Pigri come l'aria che si respirava a fatica, compiendo ogni volta un atto di volontà.

Gli occhi scuri e intensi dell'uomo accompagnarono la figura di lei che spariva nell'oscurità dell'ingresso. Rimasero attenti, posati sulla porta aperta a osservare il vuoto, nell'attesa di vederla ricomparire.

Un piccolo vassoio sorretto dalle mani, due tazzine fumanti, una zuccheriera anch'essa di dimensioni ridotte.

"Mi hai chiesto poco fa il motivo della mia venuta. Ebbene, vorrei sapere se ti può interessare la costruzione di una strada ampia e facilmente percorribile, che possa giungere direttamente alla tua terra. Il progetto esiste. Sarà in parte attuato, sta a te decidere se contribuire alla costruzione per goderne i vantaggi, o lasciare che la strada sfiori la valle, passando oltre. Tutto rimarrebbe così com'è, d'accordo, ma ne avresti al contrario grossi svantaggi."

Alle parole dell'uomo la donna non rispose subito. In genere non era impulsiva e doveva soppesare attentamente ogni proposta. Tranquillamente gustò il caffè.

"Far giungere la strada fino qui, dici?" pensò ad alta voce. "Dovrei ponderare bene la cosa" continuò con calma, poco coinvolta dal progetto.

"Il tempo non ti manca. Pensaci!"

Si avvicinavano le ore centrali della giornata. Il contatto con gli abiti era quasi insopportabile.

L'uomo non se ne andava. Parlava poco e molto seguiva con lo sguardo i movimenti della donna. Fu lei a proporre di ritirarsi nella sala dove il caldo sarebbe stato meno opprimente.

Non sapeva perché l'uomo fosse ancora lì, ma una certa educazione le impose di invitarlo per il pranzo.

"Accetto volentieri" fu la risposta di lui.

La sala era più fresca, semibuia, indubbiamente più rilassante.

Si lasciò cadere su una poltrona, senza dimostrare la minima intenzione. Non chiacchierava più di tanto, non chiedeva, non dava segni di stanchezza, né di fame, né sete.

La donna si affaccendò in cucina per una mezz'ora. L'uomo ne attendeva il passaggio sporadico attraverso il vano della porta.

Le uniche persiane aperte erano quelle della cucina.

L'ambiente, esposto a nord, non era colpito dal sole e poteva godere del chiarore del giorno senza venire invaso da quell'estate sopra le righe.

"È quasi pronto. Scusami un attimo". Accaldata si ritirò per poco al piano superiore dove si liberò dei jeans e della maglietta intrisa del sudore provocato dalla vicinanza ai fornelli. Ridiscese indossando un paio di pantaloncini corti e un top appena scollato.

Si diresse in cucina senza considerare la presenza dell'ospite. Aprì un cassetto e cominciò a preparare la tavola voltando la schiena alla porta.

"Sei sola, vero? Sempre."

A queste parole sobbalzò. Venivano da troppo vicino. Le rimbalzavano sul viso.

"Vivi nascosta, vero? Perché ti nascondi? Non sai di essere bella? Seguimi". La prese per mano. La donna era attonita, muta.

Tenendola per mano, l'uomo si aggirò per la semioscurità del pianoterra cercando qualcosa.

Senza chiedere. Finché aprì la porta del bagno e trovò uno specchio di notevoli dimensioni.

"Guardati!"

Lì la lascio sola. A guardarsi. A considerare che la sua immagine femminile era composta di particolari assortiti in maniera piacevole e accattivante. Senza rendersi conto lei posò una mano sul suo viso riflesso. Una carezza. La prima a se stessa. In tutta la sua vita.

Ricomparve l'ospite. Dolcemente la riaccompagnò in cucina. Quasi galante spostò una sedia e la invitò a sedersi. Fece la stessa cosa, accomodandosi sulla sedia opposta. Questa volta fronteggiandola.

"Hai scelto una strana terra per vivere. Arida. E la coltivi. Assolata. E ami l'ombra della tua casa. Abbandonata. E la animi della tua solitudine. Da quanto non fai l'amore? Da quanto non ospiti un'emozione nel tuo cuore."

La donna si alzò. Uscì sulla terrazza. Preferiva evitare l'argomento. Troppo silenzio intorno. Era veramente sola, nessuno a proteggerla e a consigliarla. Nessuno che le stringesse la mano e le desse coraggio.

In lontananza il rumore delle macchine agricole. Poi più nulla. Una pausa per la colazione.

L'uomo le si avvicinò nuovamente. Le cinse le spalle con un braccio e ancora aspettò. Che cosa?

Era irritata. Voleva qualcosa da lei, certo. Ma non solo. Aspettava forse che in lei nascesse un desiderio.

"Non ti basta sapere che esisti per imparare ad amarti? Sei come la tua terra, abbandonata anche da te stessa. Ti riproduci, ma non ti espandi. Ogni giorno sprigioni energia, e la sera la rinchiudi in un recinto, come si fa con i cavalli. Una strana forza attira ciò che da te vorrebbe straripare verso il fondo di un pozzo che hai dentro. Nascosto. Esplosivo."

La donna ascoltava quelle parole che si allontanavano dalla percezione, ma sempre di più dava retta a ciò che sentiva nel corpo. Come dopo un grande cataclisma ci si ritrova sulla sponda opposta del fiume, così si era trovata catapultata al di là di qualcosa.

Al di là di quella giornata pesante da sopportare sulla pelle e nel pensiero, al di là di quell'uomo che aveva al fianco e che ancora parlava. Oltre i suoi anni di vita vissuta, di fianco a se stessa.

Improvvisamente si sentì stanca. Forse perché il pranzo ancora li stava attendendo, forse perché la sua emotività era stata violentemente scossa.

Rientro in sala e si coricò su un divano, rivestito di ruvido tessuto *écru*, liberando i piedi dagli zoccoli.

L'uomo avvicinò la bocca a una caviglia, posando le labbra senza baciarla. Era calmo, paziente. Passarono minuti e solo qualche casta carezza percorse il corpo di lei.

Improvvisamente suonò il campanello. Ancora.

Non aveva nessuna voglia di alzarsi e di abbandonare il dolce torpore che piano la stava conquistando.

L'uomo furtivamente le accarezzò un seno, come a voler precisare frettolosamente lo scopo delle sue attenzioni.

Una donna era al cancello. Non la conosceva. Un'automobile bianca, di media cilindrata, le stava alle spalle. Pochi elementi si evidenziavano in quella persona. Capelli biondi, mossi. Una corporatura robusta, ma asciutta, seno decisamente abbondante. Non particolarmente attraente, sebbene niente di lei fosse sgradevole.

"Non so chi sia". E intanto rivolgeva all'ospite i suoi occhi buoni, su cui si poteva leggere un accenno di smarrimento. Negli anni il suo sguardo si era schermato dietro i tratti della freddezza, conquistati a fatica per debellare l'eccesso di sensibilità che fin da bambina l'aveva tormentata. I grandi occhi timidi e recettivi, teneramente propensi alla resa, si ritrovavano ora soltanto in qualche vecchia foto, che la donna preferiva non rivedere. Sempre più raramente ornavano il suo viso i tratti morbidi della madre che avrebbe potuto essere, dell'infanzia che si portava dentro, dell'amore che premeva e si ritraeva ogni volta in un territorio sempre più esiguo della sua anima stanca. Erano quelli gli occhi buoni, relegati nel passato ormai lontano dei primi anni della sua esistenza, cancellati progressivamente dalla spugna del suo incontro con la vita. Quelli che chiedevano la protezione di un abbraccio.

"La conosco io. È una mia amica. Probabilmente mi ha cercato a casa e le hanno indicato dove mi trovavo" le disse l'uomo con un'inaspettata sicurezza, dirigendosi verso il cancello per aprirlo senza badare alla padrona di casa.

Entrò la donna bionda in sua compagnia. Fra loro ci doveva essere una notevole confidenza, se non addirittura una certa complicità. Si leggeva nei loro gesti, nella conversazione fatta di poche parole e di tanti riferimenti, negli sguardi di immediata comprensione.

Osservandoli, la donna si sentì momentaneamente esclusa, provando una sensazione di abbandono che le risultava inspiegabile oltre che sgradevole.

Il pomeriggio avanzava. In quel momento non poteva vederlo, ma oltre le montagne, ad ovest, si stava delineando chiaramente la linea di una perturbazione compatta e intensa.

"Elsa ha qualche problema. Si trova ora a metà di un viaggio che dovrebbe affrontare domani. Cosa dici di ospitarla per la notte? La casa è grande. Tante sono le stanze. Ovviamente mi fermerei anch'io, se non ti spiace... Visto che non vi conoscete e io invece vi conosco entrambe" aggiunse dopo una lunga esitazione sfruttata per carpire i pensieri inespressi della padrona di casa.

"Certo" rispose lei, decisamente innervosita dall'invadenza dell'uomo e intimorita dalla situazione di cui le sfuggiva il controllo. Mai le era successo e mai avrebbe voluto essere soggiogata da uno stato d'animo tanto incerto e indefinito, così come mai, fin da bambina, avrebbe accettato un gioco di cui non padroneggiava le regole.

Salirono al piano superiore. La donna assegnò agli ospiti una stanza ciascuno, senza troppe parole, evitando qualsiasi gentilezza. Anche la bionda sembrava ora intimidita.

Chiese di ritirarsi per una mezz'ora e così fece.

La padrona di casa si congedo dall'ospite cercando di essere addirittura sgarbata, ma l'uomo, imperturbabile, ridiscese al pianoterra, asserendo di voler sfogliare il giornale che ancora, quel giorno, non aveva degnato di uno sguardo.

In realtà la raggiunse subito, cominciando a baciarla convulsamente, con avidità, senza progressione. Senza seduzione.

L'antica docilità prevalse. Lasciò fare. Per un po'. Intanto percorreva nella mente il sentiero ghiaioso del giardino, abbandonandolo per i piccoli solchi fra l'erba. Calpestava il tappeto verde, i fili turgidi della linfa di altre stagioni. Intanto carezzava i petali carnosi delle rose, soffermandosi a notare ogni particolare dei gambi spinosi. La patina bianca di muffe nata da giorni di pioggia eccessiva; lo smeraldo di minuscoli afidi, addensati in folte popolazioni, fino a confondersi l'uno nell'altro. Intanto la mente seguiva un percorso a ritroso, cercando il bivio a cui si era fermata, scegliendo la strada sterrata, spoglia e polverosa che l'avrebbe portata alla sua terra, faticosa e impegnativa. Intanto cercava il coraggio di tornare a quel bivio e godere della flora rigogliosa di un sentiero a lei in parte sconosciuto, intrapreso più volte e sempre interrotto. Il piacere di essere carne rinunciando all'eterno.

Improvvisamente scostò l'uomo e lo allontano da se stessa.

Si avvio verso la scala di cui scese ogni gradino consapevolmente, come non fosse un'azione meccanica.

*** 

Si ritrovarono a cena. La bionda silenziosa e gentile, attenta e accondiscendente nei confronti della padrona di casa. L'uomo amichevole, impegnato a rendere gradita la sua compagnia. Lei tesa e nervosa.

Fuori si fondevano la notte e il maltempo. Le nubi che avanzavano lentamente sembravano arrancare Verso un traguardo irraggiungibile; senza l'aiuto del vento, contando solo sulla forza della loro compattezza che avrebbe eroso il sereno poco alla volta. Sotto ristagnava l'estate, rallentata dai suoi stessi eccessi.

La donna uscì sulla terrazza a cercare uno specchio del suo disagio. A lasciare che l'afa le invadesse il cervello addormentando il pensiero.

Quando rientro i suoi ospiti erano seduti in sala. Accaldati. Si unì a loro. La bionda era cordiale. Sembrava tranquilla, come se niente per lei rappresentasse l'imprevisto. Come se niente fosse inaccettabile. Dolcemente rassegnata alla serata climaticamente insopportabile, alla situazione, all'uomo che le sedeva di fronte, all'essere donna in modo semplice e concreto.

"Il tempo cambierà" interruppe il silenzio la padrona di casa che aveva poco prima scrutato il cielo e colto le sfumature della notte.

Nessuno accennò una risposta, ma l'uomo le si avvicinò.

Come fossero soli fece scorrere le mani sotto il cotone degli indumenti, spingendo il top verso le spalle, facendogli percorrere con sicurezza la lunghezza delle braccia; avvicinando le labbra alla pelle, baciandole il seno con una ritrovata calma. La bionda accese una sigaretta.

Dalle finestre spalancate sul buio del giardino entro una leggera folata di vento che si infranse sulla schiena nuda della padrona di casa dividendosi in due braccia che la circondarono, avvolgendola in una fugace unione. Le stesse folate, rare e discrete, all'esterno urtavano i tronchi degli alberi, i muri della casa.

Gli ultimi rami giovani delle sofferenti chiome di piante assetate si mossero per qualche minuto con un fruscio impercettibile. Il lattiginoso chiarore lunare comparve per l'ultima volta in quella notte, filtrato dalle prime nuvole sottili.

Aveva paura. Il desiderio di allontanare l'ospite era contrastato da un istinto che piano la prendeva, che piano la stava invadendo dalle prime ore di quel giorno. Ostacolato da una debolezza antica, che risorgeva inattesa. Alleanza vincente, respinta in sporadiche, brevi battaglie, che ora stava forse sferrando il suo ultimo attacco.

Sapeva che dopo non avrebbe visto il limpido sereno riservato ad altre terre e ad altri climi, che non avrebbe sentito l'eco di un temporale lontano, il rombo di un tuono bonariamente simpatico, dopo che il peggio era passato.

Lo immaginava invece come il disordine lasciato dal passaggio di un uragano.

Così era sempre stato per lei l'amore con un uomo.

Senza parole si ritirò in camera. Sapeva che lui l'avrebbe seguita, spogliata, amata. E che avrebbe subito. Godendo di quel poco che il suo corpo era disposto a ricevere.

Ma con lui entrò anche Elsa.

E l'uomo la spogliò e l'amò. La bionda aspettava. Non la infastidiva quella presenza discreta. Era stranamente tranquilla.

Quando l'uomo la penetrò, anche Elsa cominciò a spogliarsi. Le offrì un seno che avidamente succhiò quasi cercasse nutrimento. L'uomo entrava e usciva dal suo corpo. Elsa le baciava le spalle, la schiena, maternamente l'accarezzava e accompagnava il suo piacere. Abbandonò il corpo a quelle mani. Di uomo e di donna. Non aveva più paura.

Le pareva di aver ritrovato quella parte di lei lasciata immobile al bivio, dimenticata in attesa del suo ritorno.

Giunse allo stremo delle forze, con un pacato desiderio di riposo.

Fu allora che Elsa cambiò atteggiamento. Divenne invadente, complice dell'uomo. Alleata nel gusto maschile all'abuso, ultima risorsa per trasmettere sensazioni a un corpo consumato dal piacere. Fu allora che fu fatto scempio della sua carne e della mente.

Improvvisamente fu lui ad allontanarla, abbandonandola alla desolazione della sconfitta, terra caduta in mano nemica, oltraggiata e derubata delle testimonianze della storia di una vita. Si avvicinò ad Elsa per terminare il suo atto nel corpo dell'altra.

Elsa la madre, lei la puttana.

Come passò il resto della notte non fu più in grado di dire. Più che il sonno la colse lo sfinimento.

All'alba i suoi ospiti se ne andarono. L'uomo le sfiorò la mano con un sorriso.

Elsa con lui, bionda, tranquilla, rassicurante, inconsistente.

Stava male e male si reggeva in piedi, il dolore le percorreva i muscoli senza tralasciarne alcuno. La mente era una città rasa al suolo da un bombardamento.

Il temporale incombeva, sospinto sopra la valle da un vento forte, deciso. Ora freddo, ora caldo. Irregolare come sempre.

Quando fu sola si diresse immediatamente in bagno.

Aprì l'anta di un mobile con l'intenzione di vincere il dolore con un antinfiammatorio. La sua mano trovò prima un flacone di tranquillanti. Lo strinse. Lo aprì. E deglutì tutto ciò che poté.

Le rimaneva poco tempo, non sapeva quanto.

Si ritirò in camera a guardare la foto dei suoi occhi dolci. Vide la madre, accanto. Le stesse iridi azzurre di Elsa.

Remissivi, tranquilli, indifferenti.

Qualcosa in più di se stessa l'aveva capito. Non sapeva se la dose di tranquillanti le sarebbe stata letale, ma avrebbe potuto affrontare anche l'ultima sofferenza, se il destino gliel'avesse riservata, lasciando che l'uragano sfasciasse la tettoia della veranda, portasse con sé le vecchie poltrone in vimini, piegasse i rami più grossi, fino a spezzarli.

E che la strada passasse sulla sua terra.

***

Fa di tutto, la vita, per non essere presa sul serio.

Si svegliò dopo un sonno profondo lungo giorni, dove anche durante i risvegli, pur brevi e non degni di nota, dormiva.

Erano sogni di veglia.

Assaggi di morte e di vita eterna.

C'è un'altra esistenza al di là.

È nel sogno o sulle sponde di un fiume dove aspetti che Caronte ti accolga o ti neghi il passaggio alla riva che hai di fronte?

L'uragano era passato e aveva sconvolto il paesaggio, buttato all'aria gli oggetti come l'ira che trova il suo sfogo. Come un uomo impazzito.

Lei non se n'era accorta.

Ricordava solo ora a fatica l'addensarsi delle nuvole – nero compatto senza squarci di cielo – che a guardarle addossate e compresse, impedivano il respiro. Una folla feroce, pronta al sacrificio di ogni singolo uomo per devastare il nemico.

Calma e sudore, per lei, per il corpo inerte e l'animo sciolto nell'acido di un giorno e una notte, mai pensati.

Non ricordava il vento, né il suo sibilare, né la sua forza, né il fragore di schianto. Nella notte.

Non ricordava bagliori lontani, boati, rullare di tuoni che parevano tamburi di guerra. Né armi, né frecce.

Eppure i guerrieri esistevano e non poteva vederli. Stavano in alto, minacciosi, allineati sulle vette, silenziosi.

Aspettavano di massacrare il nemico chiuso in quella valle senza via d'uscita.

Lei era nell'occhio del ciclone.

Sentiva solo un peso collocato fra il cuore e lo stomaco, unico segno di esistenza terrena.

Si trascinò verso la cucina per caso. Trovò un avanzo di caffè freddo, senza aroma. L'istinto glielo fece bere e il sapore sgradevole le avvolse la lingua. Sentiva il gusto metallico che la caffettiera aveva ceduto lentamente alla bevanda. Vomitò più volte, annegata nel suo mal di testa, senza neppure spostarsi.

Subentrò la calma fastidiosa e greve di una convalescenza, quando il corpo ancora non accetta la vita, anche se non è più malato. Ogni tanto beveva, poi provò a ingoiare qualcosa.

Riusciva a trattenerlo nello stomaco. E riuscì anche a pensare d'improvviso. Avrebbe dovuto ancora lottare.

E comprese di colpo che l'uragano era passato dentro.

Si poteva comporre l'inventario dei danni.

Si affacciò, per cercare sintonia con l'esterno.

Antidoto alla sua solitudine da sempre. Affacciarsi e guardare, un grandangolo sulla sua terra.

La veranda era vuota, il salotto di vimini era stato scaraventato lontano, contro gli alberi, il primo ostacolo che aveva potuto fermare le vecchie poltrone stinte dal sole.

Girò le spalle alla vista di quella desolazione, si coricò sul divano.

Occhi chiusi con forza, la testa abbandonata in bilico fra il vuoto e un morbido sostegno. Si addormentò sicuramente di un sonno riparatore, cicatrizzante.

Del valore medicamentoso si accorse al risveglio, quando si vide fra le mura di casa e si sentì protetta.

Quando chiuse di fuori i fantasmi.

Avrebbe dovuto darsi da fare, chiamare qualcuno; le pareva strano che nessuno l'avesse cercata, dopo un tale disastro.

Girò la casa deserta e fece la conta dei danni.

Persiane divelte, vetri rotti.

Lei non c'era quand'era successo.

Aveva guardato degli occhi in cornice, del dopo non sapeva.

Gli eventi precedenti, quelli li ricordava ed erano un altro uragano che minaccia uno sfogo. Ma sa stazionare in una porzione di cielo, aspettando che la pressione ceda ancora un poco e che i venti mutino in quota. Che gli si apra davanti un varco più facile e la resistenza del bel tempo si esaurisca prostrata dalla volontà di resistere.

Si rimboccò le maniche e si dispose a riordinare la cucina. Le sembrava il compito meno gravoso per il momento.

D'un tratto il campanello.

Non aveva sentito avvicinarsi nessuno. Sedando la mente aveva annacquato l'istinto che le faceva drizzare le orecchie e percepire anche i rumori più indistinti e lontani; sempre all'erta, pronta a difendere il suo territorio.

Possedeva quell'intelligenza animale che non ha niente a che fare con la ragione, ma che le permetteva di cogliere una presenza umana senza l'ausilio della vista.

Sesto senso.

Sobbalzò al semplice suono.

Corse alla porta e quindi al cancello con la guardia abbassata, gli occhi a terra per non inciampare in qualche ramo spezzato, fiduciosa di trovare un aiuto. Qualcuno che potesse affiancarla nel riordino generale di casa e giardino. Qualcuno che l'avesse pensata in quei giorni o semplicemente qualcuno che per lei lavorava.

C'era l'uomo al cancello. In piedi, con le braccia conserte, aspettava.

Era già tardi quando lei alzò lo sguardo e frenò la sua corsa.

"Come stai?" le si rivolse diretto con la solita calma.

"Non mi apri?"

Esitava con le chiavi in mano, lo guardava incredula.

"Se non apri scavalco la cancellata" proseguì con il fare

di un padre che dolcemente vuol condurre il bambino a una giusta obbedienza.

Il cancello fu aperto e proprio dalla sua mano. Eppure il cervello le aveva dato un ordine diverso:

"Girati! Chiuditi in casa! Chiuditi!"

Una fitta nuvolaglia disordinata, interrotta da cirri bianchi, rivestiva la valle, isolandola dal resto del mondo, ovattando i rumori che giravano sordi nello spazio concesso dai monti.

Senza trovar pace si facevano eco le voci nei campi e i motori di macchine agricole; senza trovare un varco che permettesse di oltrepassare quel preciso confine geografico e imboccare la via della lontananza. Da lì tutto appare diverso, addirittura chiaro, più semplice, sfuggono i particolari che distraggono dal trovare il senso.

Sesto senso.

Era quello il suo punto d'osservazione.

Da vicino una valle si confonde col mondo.

Al di là dei rilievi sembrava non esserci niente e tutto si poteva ridurre a quei campi, quella casa, quel disastro, quell'uomo, quelle piante strappate alla terra.

Questa calma forzata dall'epilogo di una grande stanchezza.

L'uomo entrò in casa precedendola di qualche passo, mostrando la sua solita composta sicurezza.

"Ero preoccupato per te, questo mi ha fatto tornare. Non sapevo come l'avresti presa. Per noi era un gioco. Al di là di quei colli, sai, la vita è una cosa diversa, ma tu sei così sola, fragile, indifesa..." esitava, sorridendo con un angolo della bocca.

"Però ti è piaciuto!" aggiunse perentorio, dopo una brevissima pausa in cui pareva avere gustato il ricordo.

Lei taceva. Silenzio di paura e pudore. Silenzio di chi abbassa la testa.

"Vieni vicino. Ti ho fatto del male l'ho capito, ma non era nelle mie intenzioni... che diamine, sei una donna! Comunque perdona la mia arroganza, la mia presunzione di scegliere anche per te... Ora che posso fare?"

Gli si avvicinò come cagna dalle orecchie abbassate, implorante carezze. Si lasciò cadere sul pavimento, sedendo accanto alla poltrona da dove l'uomo le stava parlando. Appoggiò la schiena al bracciolo imbottito, mentre le passava la mano fra i capelli. Fu come un segnale che avviò un pianto a dirotto, acquazzone di primavera, temporale d'estate che lava e pulisce.

L'ospite non mise tempo in mezzo, continuando a rassicurarla senza dire parola, la sua mano scivolò sulla camicia che lei indossava. Ma sembrò un gesto casuale, da cui lui stesso si ritrasse, come non avesse voluto.

La donna smise di piangere e lo guardò finalmente negli occhi.

In quel momento, dopo aver colto in lei un guizzo di rinnovata fiducia e improvviso abbandono, lo sguardo di volpe ferita a cui il cacciatore offre un innaturale quanto insperato aiuto, la mano dell'uomo le avvolse un seno delicatamente, soffermandosi a gustarne la forma, trasmettendole calma e calore.

Fu la pace stavolta.

Il suo corpo e il viso contornato da dolci attenzioni.

"Aprimi le gambe, solo per me, oggi!" la invitò.

Pareva una supplica. Dalla sua bocca le parole uscivano mischiate alla tenerezza; in niente ricordava l'ospite dagli occhi scuri e determinati.

Insistette alla sua resistenza, fino a che le intimò senza arroganza, in tono di preghiera. Quasi si risolvesse finalmente a domandare una grazia a Dio. Come fosse senza peccato.

"Ti ho rivelato un piacere che neppure ti aspettavi... ti ho insegnato a godere... Apri le gambe!"

Quando gli cedette iniziò a giocare su di lei con la lingua forte; con pazienza e con cura le annullò ogni spazio.

Fu la donna che gli chiese ciò che ancora rimaneva dell'amore.

E in lei lui rimase per un tempo che le parve sconfinato.

"Signora! È in casa? Sono venuto a sistemarle il giardino! Pensavo se ne fosse andata con quei suoi amici...

Ora ho visto la macchina! Non si scomodi, io comincio a lavorare!"

Quel ragazzo robusto non aveva bisogno di interlocutore, si parlava da solo.

La donna neppure gli rispose.

Conosceva le piccole furbizie per farsi benvolere, ma anche una buona resistenza alla fatica fisica e un'inconsueta attitudine al rispetto senza mai avere l'aria di essere servile.

Le bastava spiarlo da dietro le tende e la grande schiena curva, il ginocchio robusto poggiato sulla terra, i capelli scomposti sul viso intento garantivano un rapido e positivo esito.

Il ragazzo nutriva per lei un sentimento di quelli che vanno taciuti anche al cuore a se stessi.

L'ammirava e niente più.

Il fatto di lavorare per lei lo seduceva, intrigava la fantasia e gli faceva amare quella donna, silenziosa, femmina spaventata, sola e circondata dalla sua terra sconfinata.

Una donna padrona, da sfiorare soltanto col pensiero.

L'ospite tornava ogni tanto, portato dal caso.

Il tempo era buono, la campagna operosa. L'arco dei monti nitido e brullo, i confini precisi. Ma di vita ce n'era, in quella valle.

Le capitava di attenderlo, attenta a cogliere il motore della sua auto, le capitava di averne voglia.

Il ragazzo lavorò per riordinare qualche ora ogni giorno in giardino nelle ore del tardo pomeriggio, col piacere di offrirle il suo aiuto.

Fino a quella sera che arrivò l'ospite a raccogliere un tramonto sulla linea dei monti e la penombra di una casa solitaria.

Il cancello era aperto, lei intenta a far conti, la porta appena accostata.

Lui entrò e si chiuse la porta alle spalle. I suoi occhi somigliavano a quelli di un uomo che un giorno aveva visto in un sogno. Gli sorrise e cercò la finestra.

27

Procedeva un tramonto tranquillo, pochi stralci di nubi scure già della notte futura appoggiate ad un giorno che brucia i suoi ultimi istanti sulle fiamme di un sole, fra i tanti. Quasi un fuoco d'altare, quello che non può essere spento.

La voce di chi era ormai il suo amante uscì forte a interrompere l'esitazione di una stanza nell'ombra.

I contorni degli oggetti sembravano chiedere più luce, per essere netti.

"Dovresti sentire quando sto per arrivare e farti trovare già nuda. D'ora in avanti così deve essere. Spogliati!" Non c'era preghiera, non c'era seduzione.

La testa iniziò a girarle travolta dal tono violento, imperioso; la voce dell'uomo aveva avviato il vortice in cui danza una trottola.

Le pareti si confondevano di colori, gli oggetti si dissolvevano, i contorni si sfumavano. Tutto finiva in un solo colore. Intanto si spogliava.

L'uomo era immobile, gli occhi a scavarla.

"Il tuo seno lo voglio ogni volta su un piatto d'argento. Non scherzo! Me lo devi offrire così, come fosse carne. Perché è quello che sei! Il piacere ti esalta, non ne sai fare a meno. Quella tua aria fragile e dolce, la tua anima celata agli sguardi dei comuni mortali, so ben io dove si trova! Troia". La assediava di ordini, le toglieva ogni scampo. E quel tramonto giungeva inatteso come lo era stati un giorno e una notte ormai lontani.

"Signora, signora!" chiamava il ragazzo "avrei bisogno di parlarle!".

"Non rispondere, la porta è chiusa."

La donna si volse a cercare i vestiti, disorientata, titubante, a tastoni, come se il turbinio degli oggetti fosse stato reale.

"Non vestirti! Inginocchiati invece!"

Non lo fece.

"Ubbidisci"

Il ragazzo chiamava, timidamente bussava ai vetri. La sua sagoma era evidente oltre la finestra.

Lei sussurrava implorando che avrebbe dovuto vestirsi, ma l'ospite la minacciò di aprire la porta, se non avesse ubbidito, intanto si slacciava i pantaloni.

"Abbassa la testa! Stai ferma!" le sue mani si facevano strada.

Il ragazzo era fuori che aspettava risposta, sapeva che erano in casa, ogni tanto muoveva la maniglia.

"Stai tranquilla, anche questo ti piacerà!" fu come le procurasse una ferita profonda dolorosa. Fu il piacere della nuova sconfitta.

Lo guardava stordita "Avrà sentito qualcosa?"

"Può darsi!" fu la sola risposta.

All'esterno taceva ogni voce. Il ragazzo se n'era andato. La luce era spenta.

Fuori e dentro c'era il buio.

"Questa notte mi fermo! Prepara la cena!"

Lei se ne stava rincantucciata in un angolo del divano. Non si muoveva.

"Hai capito?! Mi fermo. Che cos'hai? Non stai bene? Non pensare di cavartela così! Tieni, prendi"

Le offrì una pastiglia.

"Che cos'è?"

"Non preoccuparti; ti darà un po' di pace"

La teneva fra le mani, ma non si decideva a ingoiarla. Aveva paura.

"Te la faccio ingoiare io se non ti muovi!"

La deglutì, si alzò e fece per vestirsi.

"No, mia cara. Stai così"

La sospinse in cucina, mentre la calma si impossessava piano di lei. La guardava, la toccava, mentre lei cucinava.

"Prepara per cinque. Abbiamo ospiti!"

"Ora che sei calma ti dico come dovrai comportarti. Sono amici, quindi offrirai loro ciò che offri a me. Il tuo seno da succhiare e tutto quello che chiederanno. Vedrai quanto ti piacerà! Forse capirai cosa può voler dire essere una donna!"

29

*Forse un giorno scenderà una valanga da quei colli,*
*seppellendo la valle, cancellando dislivelli,*
*i tuoi fianchi, i tuoi seni.*
*E nel fango si aprirà la mia strada*
*soffocando il respiro col cemento*
*Passeremo su di lei, sulla strada,*
*come un tempo sui sentieri i nostri carri,*
*la fatica dei buoi nelle membra dell'uomo.*
*E ancora ne godrai,*
*conoscerai il tuo il destino di morte,*
*ne godrai come fosse il piacere,*
*un poco alla volta*
*nelle ossa e nella sabbia...*
*nel giardino che hai scordato*
*sulle rocce di quei monti,*
*senza il vento che ti squassa,*
*nella calma più funesta.*
*Forse intorno soffia vita,*
*sei nell'occhio del ciclone.*
*Dormi pure un sonno vuoto,*
*dormi e sogna il tuo assassino.*


Gli ospiti arrivarono. Erano tre uomini eleganti, di mezza età.

Li vide spiando dalla cucina da dove le aveva intimato di non uscire.

Chiacchieravano come amici, scherzando, poi il discorso le sembrò farsi serio. Discutevano dei suoi terreni, di vendite, strade, di come far fruttare una valle segreta, fino a ora refrattaria a concedersi. Si parlava di nuove colture, fertilizzanti, di case e di capannoni industriali. Negli occhi dei quattro si accese quel lampo che già conosceva. L'aveva visto balenare negli occhi di un uomo in un sogno, del suo amante nella luce avara di un tramonto da poco trascorso.

"Portaci la cena!" lui si affacciò alla cucina.

"Vado a vestirmi!"

"Sai che non devi! Più sei nuda, più sei vera!"

Le pareva tutto un gioco, con la calma nel sangue, il pudore svanito, si sentiva una dea orgogliosa della sua servitù.

Le piacevano gli sguardi addosso, le piaceva sentire il calore del loro desiderio salire fino a infiammarne gli occhi.

La esaltava percepire il fluire del suo sangue nelle vene, mescolato alla polvere bianca che cancella la fatica di vivere.

Fino a quando la distesero sul tavolo e ognuno le rubava qualcosa. Nel suo sangue navigava anche l'alcool, ma le mani che la accarezzavano erano tante. Fino a che fu di ognuno di loro e ognuno a suo modo le diede dolore e ognuno a suo modo violentò la sua pace annebbiata e fumosa, dove forse era sola, dove erano in tanti, per strapparle un lamento. Dove infine approdò nel letargo di una terra troppo a lungo sfruttata.

*C'è più pace in una notte di luna bianca*
*quando la luce livida come un pugno sferrato*
*sbatte contro la carne.*
*Larva che svela l'interno*
*in un piccolo gomitolo scuro.*
*C'è più pace quando scioglie nel sangue*
*una polvere bianca*
*che irriga i tuoi nervi, allaga le dita.*
*Quando non sai sentire mani e piedi.*
*C'è ristoro quando entra la notte*
*da una finestra e dissolve il tuo seno,*
*ricordo di affetti a te ignoti.*
*Splende come la luna*
*e l'odore di carne bruciata lo circonda.*
*Era sceso il tramonto, sulla terra,*
*e ti ha fatto godere del dolore infernale.*
*C'è riposo, se la mente si culla*
*nel bagliore dell'eccesso,*
*se la linea dei monti si confonde col seno,*
*se il tuo ventre è violato e ne provi piacere.*

*Se quell'uomo che dorme e ti ha regalato,*
*ti regala il traguardo di scordare la paura.*

Ogni giorno una piccola dose, il sapore della finta vittoria invade i tuoi sensi e ti lascia pervasa di un gusto che non puoi cancellare né bevendo caffè, né sciacquando la bocca.

Se un momento ti abbandona è soltanto illusione, cresce presto un ricordo che non vuoi ingoiare. Si fa strada ugualmente quindi piano ti prende e conquista, dolce, acidulo surrogato di morte.

E la luce lunare si fa indifferente.

Lui dormiva pesante, soddisfatto.

La donna lo guardava e niente provava che muovesse la sua aria, fermo il respiro, il fiato in gola, né singhiozzi o lacrime.

E sempre mancava il vento. Fu allora che iniziò a tremare, strozzata da un'angoscia improvvisa. Il nuovo mattino le pareva impassibile, preciso nei tempi e nelle immagini che le stava imponendo. Troppo immobile, come se non vivesse.

In quelle prime ore del giorno si era specchiata uguale a se stessa. Nel suo sangue non c'era più droga.

Alcuni dei suoi lavoranti passavano costeggiando la cancellata, imboccavano la via dei campi.

La luce stagliava i contorni, ogni cosa sembrava recisa dal mondo, ritagliata e conchiusa, condannata a perenne prigione. Sarebbe stata una bella giornata se altri occhi l'avessero colta. La ferì invece, nello sguardo e nel petto. Non avrebbe dovuto, quel paesaggio, raccontare una storia che lei non gli aveva narrato.

Non voleva neppure pensare ai suoi campi ordinati, adibiti ad antiche culture, a un ciclo di semine e raccolti, tanto antico da parere già mito.

Gli occhi le facevano male. Scrollò disperatamente l'uomo che stava dormendo.

"Non sto bene, ho paura."

Lui fu dolce e non la stupì. Non si faceva domande. L'arco forte di un braccio maschile le si stava offrendo, parodia dell'amore.

"Vieni vicina. Ti proteggo io."

Si acciambellò come gatto, al riparo del suo amante.

"Calmati ora!"

"Ho freddo, paura. Aiutami!"

"Non ti basto, vero?" come fosse impotente e prostrato di fronte al dolore.

Sapeva che lui ci avrebbe pensato e risolto il problema. Buttò giù la pillola come fosse salvezza.


Passarono giorni, anche Elsa tornò. Assistette all'amore fra la donna e l'amante. In mano teneva il flacone che conteneva la sua vita ridotta in pastiglie.

Altri ancora ne passarono.

Entrò un giorno il ragazzo biondo e robusto. La sua bella faccia arrossata dal sole, di contadino schietto, dalle regole semplici e vere. Voleva domandarle qualcosa inerente al lavoro, ma lei non si occupava più di niente. Sedeva in poltrona sognando. L'ospite leggeva un giornale. Diede al ragazzo un'occhiata e depose i fogli freschi di stampa. Lo avvicinò e gli fornì i chiarimenti necessari, spiegandogli che la signora non era molto in sé ultimamente.

Il ragazzo stava uscendo senza fare domande in nome di uno dei suoi sani principi per cui ognuno deve solo pensare ai fatti suoi, ma la voce dell'uomo lo richiamò.

Lo afferrò per un braccio, trascinandolo vicino alla poltrona da dove lei sorrideva. Le slacciò la camicia, lasciando l'altro senza parole.

"Non è male, se vedessi anche il resto. Vuoi provare? Se la prendi lei si apre come terra quando ariamo! Tu non sei contadino? E si spacca come quando scaviamo. E sentissi come urla confondendo il dolore e il piacere. Vuole questo da noi, vuole che le succhiamo la vita. Vuole solo morire, lei e la terra, la sua, e per mano dell'uomo.

Non pensare che nel ventre di donna ci sia il paradiso, c'è l'inferno. Come al centro della terra. Ti risucchiano entrambe e ti vogliono schiavo. Tanto vale violentarle. Approfittane, forza. Ormai è vecchia per far figli, tanto vale mangiarne tutti i frutti rimasti, anche i fiori. Non c'è ape che li possa fecondare. E' come la sua terra, non l'ha fatta produrre per quel che avrebbe potuto. Ma è anche la tua, ragazzo. A noi tutti lei ha negato qualcosa, persa com'è sempre stata nei suoi tramonti, a raccogliere venti e pensieri. Non è egoismo questo?"

La donna sorrideva alle ombre della stanza assorbite dal sogno. L'ospite afferrò ancora una volta il ragazzo. Per un polso. Lui si divincolò, imboccando la porta.

Dopo pochi giorni arrivò la lettera con cui si licenziava.

Aveva trovato lavoro in città. Non poteva condividere l'altrui follia e per questo aveva dato l'addio alla terra. Con dolore senz'altro, ma lo spirito di sopravvivenza aveva avuto la meglio.

Si lasciava alle spalle la valle afflitta più che mai da una siccità prolungata. Non si prevedevano piogge, l'orizzonte si accendeva e spegneva ogni giorno e ogni notte senza accenno di nubi. L'aria ferma prosciugava la palude. E morivano piante abituate all'inferno; asciugava dapprima lo stelo, poi le radici.

Era giovane si lasciava alle spalle la passione per i campi ed i loro prodotti, la soddisfazione di saper far fruttare una terra difficile. Si lasciava alle spalle anche troppe domande a cui non cercava la risposta, e una bella signora, ma a questo non pensava. Erano pur sempre fatti altrui e il futuro, oltre il cerchio dei monti, avrebbe potuto riservargli gradite sorprese. Non aveva intenzione di provare rimpianti.

Nell'eterna penombra della grande casa la donna vegetava.

Nessuno le chiedeva più niente. Capitava che fosse lei a scongiurare, ma veniva respinta. Erano sempre i farmaci a donarle la pace.

Aumentava al contrario il via vai di ospiti, uomini e donne attirati da feste e affari. Finché l'uomo decise di sposarla.

Fu facile e nessuno se ne accorse. Qualche firma, la droga e la terra sventrata, tagliata, sepolta, umiliata.

Il denaro confluiva nelle tasche dell'uomo come acqua di tanti affluenti al gran fiume.

Il salotto di vimini c'era, lì sulla veranda ancora più polveroso e stinto. Ci viveva, la donna, assordata da tanti rumori che non conosceva. C'era anche il progetto di spianare la collina più bassa, per fare passare la strada.

Ci passava le giornate, in veranda. Ogni alba aumentava la sua trasparenza. La pelle aveva acquistato, negli ultimi mesi, la consistenza lattiginosa di un sacchetto di plastica, quelli distribuiti alle casse dei supermercati. Allo stesso modo se ne stava afflosciata sulla grande poltrona avvolgente, ripiegata su se stessa, come se tutto il peso comprimesse le sue gambe stanche, il ventre provato da troppo dolore, nonostante non avesse mai partorito. I farmaci le donavano l'indifferenza, nascondendo alla mente ed al corpo le sofferenze di cui non si sarebbe più liberata. Mai se ne andavano; erano sempre presenti, acquattate in un angolo, soffocate dalla sonnolenza, confuse fra le onde di un grande vuoto.

Una notte stette male, più del solito.

Nella stanza da letto dove fino a un attimo prima si soffocava, scoppiò l'uragano.

*Cantilena della pazzia*

*Ogni vento, caldo o freddo,*
*era entrato nella valle*
*per danzarle sopra il letto,*
*scompigliarne le lenzuola,*
*sollevarle membra e corpo,*
*trasportarla fra le nubi,*
*basse tanto da toccarle.*
*Rovesciarla sopra il suolo*
*trasformata in un diluvio.*
*E ferì con mani e ghiaccio*
*la sua terra e la sua casa.*

L'ombra della notte possedeva la luce di un buio artificiale; si alzò per vedere e toccare con mano il confine fra
la vita e il delirio. La sua immagine odierna scorreva in
un lento, incalzante percorso all'indietro. Dallo schermo
ritornava alla vita. Rinasceva così la memoria.

*L'erba verde del giardino*
*le sue rose ed il suo tempo.*
*La sua pace di bambina,*
*sul sentiero bianca ghiaia.*
*Più lontano la palude,*
*i velluti delle tife,*
*l'acqua verde delle alghe.*
*Batte forte nel cervello,*
*chiede oggi di apparire*
*tutto ciò che non è stato.*
*L'erba verde del giardino,*
*i profumi, la veranda,*
*un salotto consumato,*
*i suoi campi poco arati.*

La degenza in ospedale fu lunga.
*Via Crucis* interminabile, faticoso cammino dove a
ogni stazione incontrava fantasmi, popolo prepotente

che aveva usurpato la sua mente. Su macerie e pianure devastate si era insediato esibendo riti antichi e tribali, recitando, presuntuoso, i suoi assurdi aforismi, le grottesche tragedie inventate da un'inutile libertà.

A tratti s'immischiava la vita, quella semplice del *trantran* quotidiano. Il gusto di una pietanza appetitosa, le coltri accoglienti, un giornale da sfogliare.

In un giorno di pioggia, uggioso come pochi, consumato come ormai succedeva da tempo, lontano dalla valle e dalla casa, decise di affrontare un calvario qualsiasi. Decise per la sopravvivenza. Fu un atto d'amore verso la sua faticosa terra di confine.

"Buongiorno signora. Come sta?"

Come stava la signora?

Era notevolmente ingrassata. Fertilizzata dalle cure cui era stata sottoposta. Disintossicata, dapprima. Risanata. Per quel che si poteva.

Erano passati anni dalla notte del suo ricovero in ospedale, dalla notte in cui aveva visitato l'oltretomba, andata e ritorno.

Perché l'uomo non l'avesse lasciata morire rimaneva un mistero.

Senz'altro aveva voluto evitare grane, senz'altro la sua immagine ne ricavava vantaggi. Dedicarsi alla moglie ex tossicodipendente, gli donava un alone di misericordia che mai aveva progettato di costruirsi, ma che non andava certamente vanificato.

Non buttava mai niente di ciò che gli poteva servire. E inoltre la donna faceva parte della sua esistenza. Sovente la vittima finisce su un altare, dove viene innalzata dalle mani stesse del suo persecutore. Un legame perverso li univa. Lui, la donna che viveva da sola su una terra di cui era gelosa, che a suo modo le somigliava. Non chiedevano, ma neppure donavano in un equilibrio tormentato tra siccità e tempeste.

Era il ragazzo biondo, invece, invecchiato anche lui come il mondo, a salutarla con il suo gran sorriso cordiale.

Commerciava in materiali per la costruzione di strade; si era costruito una solida posizione insieme ad una consueta famiglia.

Che ricordasse o meno l'episodio per cui era fuggito da quella casa prima e poi dalla valle, aveva poca importanza. Lui tornava per lavoro.

"Passa il tempo per me come per gli altri!" aveva risposto la signora, pallida nel suo vestito chiaro che avrebbe contenuto tre, della donna che era una volta. I capelli ingrigiti, opachi non riuscivano ad incanutire, l'argento di una vecchiaia per lo meno tranquilla non voleva scendere sulla sua testa, e neppure la mano pacata di Dio o la luce di una Ragione. Forse perché non era stata madre, forse perché non era una nonna. Di certo perché avrebbe dovuto morire quel giorno, quando un violento uragano aveva squassato la valle.

Quello non era il suo tempo, ad altri era destinato. Questo si ripeteva guardando il traffico recente che percorreva, ancora modesto, la nuova strada. Le passava vicino, troppo.

Era cambiato anche il clima, nella valle.

Entravano venti freschi più agevolmente. Le nuvole scure, che sempre si ammassavano ad ovest, arrivavano al trotto, senza soffermarsi all'orizzonte. Non c'era più lotta fra la sua valle e il mondo che l'accerchiava. Come sempre nell'assedio aveva trionfato il più forte. Il maltempo, quando arrivava era rapido e meno violento. Tutto sembrava essersi mitigato e tutto sembrava somigliarsi. Gli uomini che arrivavano con i camion erano uguali a quelli rimasti per coltivare la terra. Poca, ma ben sfruttata, come si diceva intorno a lei. I profitti aumentavano e il ricordo di ciò che era stato sfumava nelle menti di ognuno. Si viveva come in ogni altro luogo della terra.

La donna, dal canto suo, non faceva mai niente; non si occupava della casa, ma neppure del giardino. Pareva nata per essere accudita e salvaguardata come oasi protetta. Sembrava non avere alcun desiderio, e guardasse tranquilla tutto ciò che ormai le sfuggiva.

"Venga, le firmo l'assegno!"

Entrarono in casa il marito e il ragazzo invecchiato.

Lei rimase in veranda, rientrava soltanto col buio. Tutti i giorni che Dio le regalava.

Ma quando era sola pensava. Riviveva la sua storia, non cercava di capire. Sognava di essere donna nella casa in penombra di un'estate ormai antica. Chissà se era vero, quel sogno, o se era soltanto leggenda? Sentiva sulla pelle deserti e uragani. Le mancava anche l'aria, c'era l'afa di un caldo pomeriggio assolato, ma dopo si alzava il vento. Piano, poi sempre più forte. Sconvolgeva la veranda, ribaltava il pensiero.

Nessuno sapeva e nessuno avrebbe creduto a una sua segreta esistenza. Sembrava dormisse, sembrava tacesse, sembrava subire ancora oggi in silenzio. Eppure viveva in sordina. Fra le pieghe della psiche, una donna. Nelle prime fratture dell'asfalto sarebbe cresciuta nuova erba.

# EPILOGO

*Nasce dentro-cresce lento.*
*Poi esplode.*
*E ricade*
*e si spegne*
*muore piano nell'aria*
*perché terra non venga a sapere.*

*Manca un rombo,*
*un boato.*
*Perciò si rivela.*
*È un baleno lontano;*
*forse è fuoco di festa paesana.*

*Danza allegro nella notte.*
*Lo si vede.*
*Arcobaleno posticcio sul buio.*

*Ma la voce si disperde*
*e il lamento non si sente.*
*Torna dentro.*

La donna ormai da tempo non saliva le scale. La sua stanza era scesa così a collocarsi in un angolo della veranda. Le sue cose.

Già all'alba poteva raggiungere il salotto nuovo. Quello di vimini era stato bruciato in un falò, insieme alle foglie secche e ai rami spezzati, ai fiori avvizziti, ai cespugli morti che erano stati prontamente sostituiti.

Fino a notte inoltrata sostava in veranda. Il salotto nuovo era comodo; accoglieva benevolmente la sua stanchezza, avvolgeva e riscaldava i dolori, come un morbido nido d'uccello.

All'imbocco della valle, seguendo una logica antica divenuta ormai anch'essa uno dei tanti rituali senza senso, era sorto in fretta un paese di case prefabbricate, assemblate in quattro e quattr'otto. Una notte sembrò esplodere nei colori violenti di una festa paesana. Se non c'è, la si inventa. Le si offre un motivo e i ragazzi si addensano, i bambini si divertono, qua e là si raccolgono occasioni d'amore, d'affari... o ci si sbronza di birra.

Poche strade posticce e una piazza.

La vedeva, quella festa, come se fosse presente. E girava curiosa fra la sua confusione. Madri e padri inseguivano i figli e pioveva su ognuno la pioggia inventata nei colori del fuoco d'artificio. L'odore acre della polvere da sparo, invadeva le vie.

Ricordava il *far-west*. I capelli raccolti, un vestito aderente, lei rubava gli sguardi, ricambiava le occhiate maschili. Era calma come non capitava. D'improvviso la folla si addensò nella piazza. Le toglievano il fiato, ebbe anche paura che la calpestassero, i cavalli selvaggi, si sa, non si arrestano davanti agli ostacoli. Iniziò a tremare ed il freddo l'avvolse.

Quando arriva si annuncia come triste novella che non può rivelarsi alle genti. Il cuscino si stava bagnando, intriso di sudore. Il suo esordio è in un punto lontano, al confine che diciamo orizzonte. Una festa paesana, una pioggia di colori.

Là converge la vita e si unisce alle linee della prospettiva visiva.

All'inizio del tempo e appena più in là, forse pochi chilometri.

Convenzione ideale, l'infinito.

Quante volte ancora lo vedeva e pensava "Questa volta posso stare tranquilla. Non è il mio. Sono fatta di carne come loro. Sono vera. Posso anche ballare nella piazza del paese. Io non sono un'idea. Non è il mio, fantasia che assomiglia alla stella cometa. Posso stare tranquilla".

E sedeva in veranda con il corpo pesante di acqua e fatica. Già sapeva qual era il destino delle ore a venire. Come fosse un regalo si lasciava portare dove tocchi con le mani il pensiero. Lo raccogli e lo metti in un cesto, con la cura e l'amore di chi non spreca niente ed i frutti maturi li conserva per l'inverno. Ricordava la pace e una madre che stringeva la mano. Rammentava un'idea fatta carne, l'assoluto bambino. Ricordava di aver fatto reale ciò che la mente può solo inventare. Il pensiero la sfiora, ma la preda sa fuggire. E la corsa, la tensione senza arrivo. Quando un giorno lei seppe che c'era, nello spazio infinito di un corpo ancor gracile e vivo, una meta assoluta con assenza di moto.

Un nuovo giardiniere si occupava del verde di casa. Era un uomo maturo, dai capelli brizzolati, asciutto e di bassa statura. Vestiva sempre con camicie leggere, scozzesi per lo più, e pantaloni di ogni tonalità si collocasse tra il grigio ed il verde. Aveva un piccolo naso, sperduto in un volto squadrato; occhi neri testardi, rotondi. La barba, rasata ogni giorno, era già troppo lunga, nel tardo pomeriggio, quando, dopo il lavoro, si occupava del giardino. Ispida e dura come doveva essere il suo carattere. Uomo dai forti contrasti e da un'etica spinta all'estremo, fino a essere banale. Così lo immaginava, osservando le sue braccia corte e muscolose, di chi sa lavorare. Non lo conosceva, mai gli aveva rivolto parola. Per questo lo guardava con insistenza; sembrava volesse carpirgli il segreto della realtà. La cercava affannosamente nei movimenti dell'uomo precisi, ordinati, lontani e vicini. Ingranditi e ossessivi fino a far scomparire l'orizzonte o piccini e rituali, monotoni e ovvi. Assorbiti dal paesaggio. Era un'eco, comunque assordante come il volume di un'autoradio che sfreccia per un attimo insieme all'immagine dell'auto su cui è installata e scema, flebile, fino al totale silenzio.

Il pomeriggio successivo alla festa si accostò a quella dell'uomo la figura stanca del marito. Notò allora come fosse invecchiato. Bianchi i capelli, lo sguardo spento; si accorse improvvisamente di non averlo più visto, dal giorno dell'uragano.

Alto e curvo si avvicinò al giardiniere, accentuando il suo modo di incedere, ripiegato su se stesso, gli occhi a terra. Non voleva più niente dalla vita, era evidente.

L'altro invece si volgeva verso l'alto, lo guardava fisso in viso.

"È stata bella la festa, se non fosse stata turbata da quell'incidente!"

"Quale?" parve incuriosirsi il marito

"Una stupidaggine. Non è successo niente, ma c'è stata una piccola esplosione. Sembra sia un attentato... più che altro un avvertimento. Un botto di Carnevale. Dicono che la polizia abbia ricevuto una telefonata."

"E sarebbe?" incalzò il marito.

"Una cosa ridicola, gli ecologisti. Vorrebbero distruggere tutto quello che è stato costruito nella valle, per lasciare che la natura torni allo stato selvaggio."

Non replicò, il marito; continuò invece il giardiniere.

"Quanti pazzi a questo mondo! Se potessi li eliminerei tutti io, in prima persona! Ci odiano, sa? Tutti e due. Perché lavoriamo, anche se io sono povero e lei ricco. Se dipendesse da loro vivrebbero di droghe e idee balorde!"

Continuava a brontolare, si infervorava sempre più mentre la figura dell'uomo anziano si allontanava inavvertita. Intanto raccoglieva gli attrezzi per andarsene a cena. Lo aspettava di certo una moglie e almeno un paio di figli. Una tavola semplice, un rettangolo in legno al quale appoggiarsi, per seguire con sguardo severo i movimenti di una donna dimessa, che ogni giorno ingoia la vita, senza mai protestare.

La sagoma del marito si avvicinava alla veranda. Era solo, veramente.

Era lui l'aguzzino? Così stanco, così vinto dalle pene dell'età...

Lei del resto aveva lasciato in fretta il giardino, quella notte, per correre incontro al suo personale uragano.

Il suo giovane corpo in vestiti succinti ancora si aggirava per le stanze in penombra; le persiane erano accostate per difendere l'interno dall'eccesso di caldo e ancora saliva le scale che portavano al piano superiore. L'uomo dietro di lei, insieme a una donna bionda.

"Sono bella" si ripeteva mentre si guardava nell'atto di lasciarsi spogliare.

*Passa un sogno ed è la vita*
*rosa il fiore, verde il prato,*
*bianche muffe tra le spine.*
*Gli occhi azzurri incorniciati.*
*Letto sfatto, la fatica del dolore,*
*le lenzuola e la paura.*
*Una pillola di pace, santità di comprensione.*
*Sbatte forte una persiana.*
*Dimmi ora, se lo sai:*
*cosa, allora, ti è successo?*

L'aveva sempre saputo che sarebbe morta in un mattino di sole, mentre gli altri se ne andavano al lavoro. Non sapeva invece, che l'ultima voce reale sarebbe stato il motore di un'auto in partenza.

Era l'ospite che se andava in paese. Ostinatamente continuava a seguire l'andamento dei suoi affari e quell'atto dimostrativo, quel botto fra i botti durante la festa paesana lo impensieriva. E non poco.

# PUZZLE

L'onda delle parole.
Faticosa.
L'onda della ragione,
doloroso
il suo infrangersi muto
sullo scoglio d'ogni giornata.
Muto anche un lamento,
forse il vento.
Silenzio.
La risposta dei cari fratelli
allo sbatter di porte,
vetri infranti
su stanchi pensieri,
malati di una grave afasia.

Uragano di parole non dette,
sale il tuono e riecheggia.
Fuori il sole,
il sorriso dei suoi raggi freddi.
Sull'asfalto
striscia un vento impotente
scompigliando le foglie
agli autunni di tutta una vita.
Sussurrano incerti,
confusi fra clacson e motori,
memorie di inverni ovattati.
Pace bianca.
Se ne vanno sfocati.
Il pensiero li guarda
e rinuncia a inseguirli.

\*\*\*

Si può anche gioire del proprio dolore, investiti dal tramonto violento di un novembre ventoso. Si può forse morire e non farlo sapere. Si può solo tacere, camminando sulle vie più segrete di una donna fra tante.

Emicrania, soli accesi, venti freddi. Foglie secche condannate all'ultimo valzer danzando abbracciate a fogli di stampa avvizzita. Nati freschi e già vecchi. Poche ore di vita. Troppo in fretta corre l'ora del mondo ad infrangere il muro del suono. Troppo in fretta per prendere coscienza.

Un bianco incarnato, una pioggia di neri capelli, neri come lo smilzo cappotto, interrotto al ginocchio dalle gambe sottili che parevano appoggiate per sbaglio alle scarpe di vernice. Tanto affusolate da sembrare lunghe, per il piede minuto; come fossero di un'altra donna.

La camminata frettolosa e indecisa, gli occhi smarriti e incerti. Fra la gente. Non poteva passare inosservata se avesse incrociato un essere umano. Per lo più incontrava impiegati, casalinghe, professori, ragazzine addensate in gruppetti vocianti. E ragazzi, giubbotto, occhiali da sole.

Per lo più era sola con la sera precoce dell'inverno. Il tardo pomeriggio aveva assunto il livore della bugia. Falso il cielo spazzato dal vento che aveva scoperto i colori dell'estate, falso il sole infuocato di rossi tropicali. Vera quella penombra che cresceva, i fari delle auto. Ancora più vera la calca dell'ora del rientro e il frastuono che ne derivava. Le luci che delimitavano settori di strada, la tristezza che si respirava nell'incerto contrasto fra buio e illuminazione.

Un passato recente sospingeva i suoi passi a un ritmo concitato, la faceva distratta e sospesa nel tempo.

La ruota anteriore di una bicicletta le sfiorò un piede. Si ritrasse in un rigurgito di autocoscienza, aveva toccato la prova della sua esistenza. Il ciclista si era fermato, la fissava da dietro le lenti, il capo incassato fra le spalle robuste. Negli occhi il rimprovero muto per averlo costretto ad alzare lo sguardo da terra. Aveva poggiato i piedi sull'asfalto, un impermeabile lungo sembrava ostacolargli i movimenti. La guardò attonito per qualche secondo, e si allontanò senza neppure parlare.

Poco oltre avanzava un ciclista simile al precedente. Notò presto che erano in tanti. Soffocante il ritmo evidente della loro pedalata, ubbidiente a ignota cadenza. Avanzavano tranquilli fra auto e bus. Sembravano non temere incidenti, rassicurati dal fatto di non essere soli.

Era stanca, gli altri troppi.

Si sedette a un bar. Piccolo locale, quattro tavolini esterni, ognuno con due sedie. Addossati al muro, precari su un marciapiede non ampio a sufficienza. Faceva freddo, ma il clima asciutto rendeva possibile la sosta. Del caffè che aveva ordinato colse l'aroma solo in parte, disturbato e confuso tra il profumo intenso e dolciastro di fiori numerosi e artefatti, forzati alla vita dalle cure di serra. A fianco un fiorista: luci intense e un tepore equatoriale che si sprigionava dalla porta aperta, invadendo qualche metro di strada.

Profumo di bianchi narcisi.

Odore di pelle.

Essenza d'amore.

Le parve di ricordare ciò che aveva scordato.

C'era stato, nella sua vita, un gioco di corpi e di menti tanto intenso, impregnato di profumo.

Lieve e struggente. Macerato con petali bianchi annegati in una pozzanghera estiva. Forte fino a ferire.

Ma non era recente. Non bastava a spiegarle quel suo stordimento.

I ciclisti, sulla via principale, continuavano il cammino. Fra di loro, a guardarli con maggiore attenzione, compariva qualche lieve differenza. Chi portava scarpe nuove, lucidate. Chi consunte calzature da ginnastica. Chi lottava con il tacco e il pedale. Chi portava gli occhiali, chi vedeva senza averne bisogno. Ma la meta doveva essere la stessa, come il ritmo condiviso della loro pedalata.

A pochi metri, sul marciapiede, avanzava una vecchia.

Si distingueva perché era grassa e informe, più piccola rispetto agli altri passanti. Un ragazzo fra tanti, sulla faccia un sorriso già perso nel tempo, guardava davanti senza veli né ombre. Si era appena bucato.

Il resto fluiva, percettibile appena.

La donna cercava con ansia l'appiglio a cui aggrapparsi per poter ricordare. Dall'asfalto alle stelle buttava le reti dei suoi occhi smarriti.

Non era facile fare ordine nella confusione di pensieri accavallati, isolati da altri come naufraghi appesi a un relitto.

E intorno mare buio. Disturbava l'onda calma di pedoni e ciclisti. Disturbava il motore imbizzarrito di una moto lontana.

Decise di interrompere la sosta per confondersi con la fiumana.

Faceva fatica, le pareva di essere l'unica a procedere in senso contrario. Ebbe quasi paura. Una folla di ricordi vocianti e indistinti l'assediava alle spalle, mentre lei camminava tra la gente, respingendo la corrente compatta che avanzava.

Doveva essere più determinata. Qualcosa le era successo certamente. Le caviglie ormai stanche, il freddo sulle ossa, si diresse verso la stazione. Lì la luce era intensa e il caldo non mancava. Con stupore si accorse che ancora esistevano le sale d'attesa: poltrone di velluto o panche di legno. Teneva in mano un biglietto che copriva cinquanta chilometri. Si sedette a massaggiare le caviglie, si tolse le scarpe. La sala era vuota, il mondo non c'era. Avrebbe potuto cercare, nella mente.

Le giunse un sorriso su un volto maschile affacciato alla spalla. Volse gli occhi. Un uomo in divisa le chiedeva il biglietto. Lo osservava diritta nel viso dalla pelle arrossata e la barba appena rasata. Si era preparato per il turno di notte. Il suo modo di fare affabile, la sua voce sintonizzata su toni cordiali. "Grazie mille", le rispose come se fra di loro fosse avvenuto qualcosa. I suoi occhi turchesi parevano buoni. Lei rimase a pensare, stringendo tra le dita il biglietto. Per un attimo aveva sfondato il muro dei suoi pensieri. Diffidenti e ostili, ammassati da una forza addensante in un punto più profondo di un pozzo, sconosciuto. Per un attimo si era aperto uno spiraglio.

"Mia moglie è partita, siamo soli." Questa voce invece era un'altra, più lontana. Dal luogo da cui veniva giungeva anche il profumo dei fiori che aveva annusato e che ancora sentiva. Apparteneva a un uomo di molti anni prima, un rapporto interrotto. Teso fino a spaccarsi. Si era spaccato infatti una mattina, in pochi minuti.

Nella sala era sola, più di un'ora d'attesa l'aspettava. Abbandonarsi a un ricordo preciso l'avrebbe aiutata a rilassare i muscoli, dolenti per contrazioni nervose, e il viso, più magro di quanto fosse veramente. Anche gli occhi, troppo aperti, vulnerabili alla luce dei neon.

Con minimo sforzo poteva ricordare un belvedere, aperto su dolci colline; ricordava una donna sul biondo, viso semplice e gradevole dai lineamenti appena accennati. Era rivolta a un uomo, in piedi al suo fianco. Più alto, figura attraente. Negli occhi di lei un affetto indifeso.

Ma lo sguardo dell'uomo fuggiva verso il verde delle colline di fronte, saltuariamente girava la testa a guardarsi le spalle. Veloce ritornava ad affogare nel panorama. La stava aspettando. Si vedeva con chiarezza, poco lontana, alle spalle della coppia. Era come se l'anima assistesse, spettatrice, ai movimenti del corpo. Stava ferma, esitante, contrastando l'impulso di corrergli accanto.

"Mia moglie se n'è andata, ora siamo da soli". Lo strappo fu violento. La donna, carnagione trasparente sotto i neri capelli, rispose "A domani".

E se il giorno seguente pioveva, era stato il suo netto rifiuto a far sì che il profumo di vita odorasse di petali morti.

Guardò l'orologio perché il tempo passava. I secondi scorrevano chiari, scivolando su ore e minuti.

Non quello, il ricordo che la stava offuscando. Non per quello soffriva.

La porta finestra della sala d'attesa era aperta sul marciapiede della stazione. Al passaggio di un treno l'acciaio riscaldato aveva mandato scintille dal sapore sgradevole. Lo sentiva in bocca, le legava la lingua più aspro di un limone.

Era l'ora di salire sul treno che l'avrebbe portata un poco più lontano. I vagoni deserti, il calore soffocante, si tolse il cappotto. Nello scompartimento, impregnato dal fumo di anni, sperava non entrasse nessuno. Eppure si verificò la probabilità più remota. Senza chiedere, un ragazzo si accomodò sul sedile di fronte. Senza tregua parlava.

"Perché viaggia di notte?", "Perché sola?", "Non ha paura?"

Non desistette neppure davanti al suo silenzio. Cominciò a raccontare di sé, come interessasse alla sua interlocutrice, distratta e scocciata. Lavorava, viveva, ballava, non sapeva quale fosse il suo posto. Non poteva tacere e osservare, fuori, la corsa della notte. Si sarebbe annoiato. Le strappò qualche breve risposta. Per lo più negazioni.

Avrebbe voluto essere sola per frugare nella memoria e trovare un indizio.

Quando ebbe davanti il ragazzo, fermo, in piedi, incombente su di lei che stava seduta, sobbalzò. Non se l'aspettava. E neppure la mano che le afferrava un braccio. In un attimo gli inchiodò il piede con il tacco a spillo, aprì la porta, si affrettò per il corridoio fino allo scompartimento dove c'era un signore. Poco importava chi fosse.

Entrò affannata. L'uomo finse di non vederla. l'altro intanto passava, andando oltre. Dal suo viso capì che non l'avrebbe più visto.

Nella grande stazione all'arrivo, c'era gente, vita, voci. Tante luci, insegne accese. Si sentì più sicura. I barboni dormivano sulle panche, qualche uomo d'affari rinunciava all'aereo e si affrettava composto verso il convoglio che l'avrebbe portato oltre il confine.

Avrebbe girovagato tutta la notte, fino a che non avesse ricordato.

Un gruppo di giovani se ne stava seduto per terra, appoggiati l'uno all'altro per sorreggersi. Uno solo coricato, supino. A loro era rimasto il pavimento.

Il viaggio dei giovani era lì davanti. Sotto la luce troppo intensa, fra il via vai di chi pensa a una meta. Un bel viaggio tranquillo, quella notte, che non disturbava nessuno.

All'esterno il buio s'infittiva. La donna non sentiva stanchezza: aveva superato la soglia in cui pesa la fatica e il dolore si fa acuto. Faccende del corpo; la mente si faceva al contrario più vivida e curiosa. Disposta a consumarsi senza riserve.

"Ehi signora! Conciata così, cosa speri di raccattare?"

Guardo in faccia quella voce. Una donna troppo alta, una donna troppo forte, bella e bionda. I capelli luminosi, separati in tre bande, le cadevano sulle spalle. Le gambe infinite, muscolose. Abbasso gli occhi su di sé: minuta, sottile, addirittura acerba come una ragazzina. Il viso senz'altro struccato e il pallore delle guance ingrigito dalle ore di cammino tra i fumi dell'inquinamento. E inoltre doveva essere profondamente solcato dall'ansia.

Aveva un'aria intimidatoria quel tizio travestito da donna. Del resto lo sapeva, la zona era quella: prostitute e *viado*s. Il mercato della droga. Non avrebbe saputo in che tono rispondergli, ma voleva parlare a qualcuno. Ne sentiva un improvviso bisogno; desiderava parole e parole, sgorganti da altrui bocche come acqua sorgiva. Avrebbe teso le mani col palmo rivolto alla voce come se fosse acqua. Il freddo ora lo sentivano altri, e pure la fame. Il cervello bruciava, infuocato dallo sforzo.

"Ma va là ragazzina! Vai a scuola! Ti fai male a rispondere?" L'uomo-donna giro i tacchi, mostrando le natiche sode sotto il raso teso della gonna.

Le foglie, ultime di quella generazione, sui rami vibravano in poche, a terra dormivano, proteggendosi coricate una sopra l'altra.

Stagione di morti. Crisantemi e caldarroste, fra poco. All'alba di quel nuovo giorno appena concepito nell'incontro fugace del sole con la luna. Nitida notte, tanto da far pensare che donasse una svolta alla vita e quell'aria gelata svelasse segreti, come ora svelava una luna impudica.

La paura era assente. Né dell'oscurità, né di quel mondo hard, rivelato da sporadiche luci che nel buio strappavano maschere ai volti del giorno. Professori e impiegati, e ciclisti ubbidienti all'ignota cadenza, a quell'ora di notte il sipario si alzava sui loro desideri.

"Eppure dovresti ricordare" le veniva da dirsi, come se provasse a farsi ragionare con calma, prendendosi la mano, in attesa del chiarore mattutino. Cercò un angolo con una panchina e sedette rannicchiandosi come un bambino, affondando la vista tra le ginocchia. Disposta a giocarsi la vita, pur di sapere. Sperava nelle ore che passavano, scorrendo sicure in direzione dei raggi del primo sole.

Provò a pensarsi tranquilla. Non da un flash, ma da un mondo sommerso che piano riemergeva o da un vuoto assoluto che si andava colmando si componeva un ambiente. Una stanza. Le pareti si facevano azzurre, compariva una porta. Bianca. Sulla destra una scrivania. E non c'era nessuno. Un teatro senza attori.

Altro squarcio nel buio, questa volta improvviso. Un riflettore si era acceso sopra un palcoscenico. Intorno silenzio. Marea muta di poltrone rivestite di velluto polveroso. Dal palco non soffiava alcun vento a increspare un pubblico che ancora non c'era.

"E gli attori?" domandava una voce dal fondo.

"Le prove sono finite, si va in scena questa sera" rispondeva qualcuno.

"Dobbiamo allestire il palco". E sfumava la frase fra stridori di oggetti trascinati e sbattere di porte che un via vai improvviso non riusciva ad accompagnare.

Era stata a teatro di recente? Non ricordava. Mentre la stanza si andava definendo sempre più nitida.

La donna scostò il tendone affacciandosi timidamente alla platea che intravvedeva vuota, nella penombra. Elettricisti ed operai si davano da fare intorno al palco. Lo calpestavano, lo aggiravano, lo denigravano nel definirlo insufficiente per raggiungere il risultato richiesto. In un girotondo di alacrità e cinismo lo sospingevano verso la rappresentazione.

"Non va mai bene niente!" brontolava un tipo tarchiato. "Tu lavori e lavori e poi manca sempre qualcosa. Vai a capirli gli artisti!" continuava con la voce che si andava perdendo in un ribollire di recriminazioni.

La donna si fermò ad osservare la nascita di un mondo incantato, che racchiude la vita fino a darle l'illusione di riuscire a specchiarsi come fosse reale... Ne era rapita.

La scenografia si andava rivelando moderna, essenziale. Poche cose. Una tavola e qualche scartoffia. Una tinta di fondo soltanto. Appariva piuttosto indefinita, fino a che un riflettore l'accese d'azzurro. Dalle quinte uscì un uomo. L'attore. Tanto biondo da sembrare già vecchio, ma la pelle ancor fresca rivelava un'età di gran lunga inferiore. Corporatura importante e un fare tracotante di chi è solito riempire una scena.

Appariva nervoso.

"Proiettate il fondale!" infieriva sul gruppo operaio.

La finestra ampia su un grattacielo. Una grande vetrata che doveva risultare tanto in alto da non vedere più il mondo. Un azzurro più intenso si ritagliò spazio nel tenue chiarore della parete. Scorrevano nuvole stracciate dal vento e rubate a un corpo nuvoloso più compatto. Era vento nel vento. Foglie e stracci rapiti alla strada invisibile. L'addetto ai rumori accese la voce di una città, e nacque un fantasma di vita urbana. Nella sala faceva freddo.

Il calore umano non la scaldava.

"Ok, va bene!" approvò frettoloso l'uomo. Usciva ed entrava dalle quinte. Aspettava qualcuno che non stava arrivando.

La donna rimaneva sul fondo. Mancava un regista. Probabilmente era lui oppure la persona in ritardo.

"Ne faccio a meno!" sbottò alla fine.

Intanto la donna aveva imboccato il corridoio centrale e si avvicinava alla fila di sedie più vicina al palco.

"Mi ci vuole qualcuno, non posso recitare da solo!" Liberò lo sguardo dai confini in cui l'aveva rinchiuso, assorto com'era nella sua irritazione, e incrociò la figura femminile che da sola animava la platea. "Ehi tu! Chi sei? Avvicinati. Non dovresti essere qui. Chi diavolo ti ha fatto entrare?"

La donna ebbe un sussulto, si rese conto che non avrebbe dovuto essere in quel posto, in un simile momento e non sapendo rispondere cerco di guadagnare l'uscita celermente, senza fare rumore.

"Ehi parlo con te! Vieni qui, mi puoi sempre servire."

Si rivolgeva a un tecnico e intanto abbassava il volume della voce. "Non deve parlare, ma solo ascoltare il monologo. Possiamo sfruttare la presenza di quella donna..."

Un uomo del teatro le si accostò gentilmente. Gli occhi turchesi in un volto arrossato, le disse quasi fosse un invito "La prego".

Sul palco l'attore le si avvicinò. In altezza la superava di molto. Le prese la mano con atteggiamento paterno.

"Non importa che tu sappia."

Risuonava ora diversa, la sua voce. Più calma, pacata. Scandita. Gli salì una pace inattesa che riempiva gli spazi fra parola e parola. Annaffiava la frase con un vino leggero. Lui stesso pareva finalmente godere del fatto di trovarsi in un luogo privilegiato, dove forse finalmente si sentiva esistere.

La donna guardò verso il basso; ai suoi piedi la platea.

La luce per contrasto li investiva rendendo il buio impenetrabile.

Era dolce, l'approccio dell'uomo: "Non temere, non dovrai recitare. È un monologo, il mio. Ti dico poche cose. Tu dovresti sostituire un calco di donna. Lasciato nell'aria dal pensiero di un uomo. Ripeto, non importa che tu sia a conoscenza della storia. Il mio compito in scena è quello, antico, di darti la vita."

La donna si sentì tranquilla, coinvolta dalla situazione.

Le parve di avere finalmente individuato un aggancio per i suoi stanchi pensieri.

"Ancora una cosa. Non esiste un calco di donna con indosso un cappotto. Almeno alleggeriscitì." Sorrideva benevolo. Il suo viso si andava facendo sempre più rassicurante.

Il vestito le stava più largo di qualche giorno prima e non le rendeva giustizia. L'attore recitava. Sulle prime la donna non riuscì a seguire il monologo: ancora un poco nervosa, ancora avvelenata dai problemi che fin lì l'avevano accompagnata. L'uomo, in piedi, declamava a un pubblico che non esisteva. Lo vedeva di schiena. La presenza invadente di chi non lascia spazio a nessuno.

"Ah, potessi toccarla e fare che il mio amore sia reale!" Con la voce rotta dalla commozione si giro verso di lei. Gli occhi del rimpianto: "Le mie mani non l'hanno sfiorata quando lei era in vita. È sempre fuggita lontano inseguendo un fantasma d'amore, rifuggendo il senso che queste mie mani avrebbero donato alla sua anima. Non mi ha permesso di crearla felice, appagata, risolta infine a un'esistenza. È rimasta un'idea, fino ad essere crudele nello sbandierare la sua eterea fragranza!".

"Questo mazzo di fiori non va bene!" sembrò delirare all'improvviso rompendo la magia della nenia d'amore che stava recitando. "Che sian freschi e profumati!" Il suo volto si era infiammato di un'ira eccessiva.

La donna dai capelli neri aprì bocca per la prima volta. Con la voce più timida che si conoscesse sussurro: "Ma è solo una prova..."

Non se l'aspettava l'attore. La squadrò per qualche secondo. "Non è vero, è la vita" le rispose sedato dal timido intervento.

Un intenso profumo aveva inondato la scena. I fiori freschi erano arrivati. Glieli porse scendendo in ginocchio glieli offrì in memoria della logorante tensione che li aveva uniti; li depose ai suoi piedi, recitando una pena profonda. Era un intenso profumo di pelle e d'amore che riuscì a stordirle ancora il cervello.

Per poco davanti ai suoi occhi si aprì il verde delle colline e la pena per ciò che non era mai stato.

"Ho bisogno di toccarla" urlò all'improvviso l'attore svegliandola dall'abbozzo di sogno a cui stava guardando, mentre prese a spogliarla con violenza, lacerando il vestito e segnando la pelle dei suoi gesti impulsivi dettati da un'ansia delirante che nessuno avrebbe potuto soffocare. La salvò dalla culla di teneri sentimenti. Germogli di piante che non sanno mai farsi forti.

Le stringeva i seni tra le mani.

Non visti due uomini entrarono in scena affiancandola. Il terrore la invase. Si divincolò fuggendo in un angolo e acquattandosi come cucciolo d'animale braccato. Il tepore delle lacrime le percorse dolcemente le guance. Un calore materno l'avvolse, un aiuto di Dio per poter sopravvivere.

"Ottima la scena della violenza!" esclamò soddisfatto qualcuno dalla platea. "Possiamo andare a riposare. A stasera."

C'era lei, in un angolo della stanza dalle pareti azzurre. Le pareva di essere sola. Aveva freddo, si vestì lentamente. Non vedeva nessuno. Girò intorno lo sguardo. C'era ordine. Qualche passo la guidò davanti a uno specchio. Provò orrore nel vedersi. La sua pelle le appariva disegnata. Deturpata da sottili cicatrici che si inseguivano, intersecandosi di frequente, chiudendo aree di epidermide in irregolari tasselli del tutto simili a quelli di un puzzle. Era come se un chirurgo impazzito l'avesse decorata con cura, tagliuzzata e ricucita con un'abilità certosina, nascondendo i fori dei punti. Con la mano percorse la pelle, esitando. Avrebbero dovuto risultare tangibili, tant'erano nette, eppure col tatto non le percepiva. I suoi occhi ne erano invasi, le fissò tanto a lungo da vederle sovrapposte.

Girò allora lo sguardo che ricadde sulla porta bianca.

Decise di aprirla. Un ambiente altrettanto deserto si offrì ad accrescerle il tormento. Tante sedie di colore uniforme e pareti dello stesso colore e vetrate su un cielo uguale all'altro.

Su un tavolo basso, acquattato in un angolo, un vaso trasparente l'attendeva. L'acqua era scarsa sul fondo e i fiori malandati, i petali caduti avevano perso il colore originario assumendo la tinta indefinita della decomposizione. Si avvicinò. Un odore nauseante le chiuse lo stomaco. La poca acqua, ormai verde, emanava la morte dei fiori e la vita trionfante dei microorganismi, impegnati nell'arte di scomporre ogni forma attraente per poi ricondurla al suo umile ruolo fra i tanti. Ritornare nell'anonimo ciclo. E quei fiori, forse bianchi qualche giorno prima, profumati senz'altro, puzzavano ora come acquitrino di periferia, dove finisce di tutto.

Pochi metri sulla destra una porta d'ingresso, massiccia. Si aprì nel momento in cui il suo sguardo l'aveva individuata. Entrò un uomo, pantaloni e maglione. Aveva l'aria di essere arrivato al lavoro. Alzò il viso di colpo rivelando la sua identità: l'attore.

"Ah, sei arrivata!" Dava l'impressione di averla aspettata. "Ti trovo bene."

La donna lo fissava inebetita. Non era forse l'attore? O si stava sbagliando? Ricordò all'improvviso le innumerevoli ferite che le disegnavano la pelle. Si sentì totalmente indifesa. Tra tassello e tassello le avrebbero letto l'anima o studiato le ferite per azzardare chirurgie riparative. Forse quell'uomo era un chirurgo plastico, eppure non mostrava di averle notate, infatti le aveva prontamente comunicato di trovarla bene. Lei allora scoppiò in un pianto violento e si getto spaventata fra le braccia di chi aveva di fronte. "Che cosa hai?" le chiedeva l'uomo. "Come sei spaventata!"

"Guarda come sono ridotta, non vedi?" urlava forte, per spezzare il singhiozzo e per consentire alla voce di uscire comprensibile dalla gola strozzata.

"No, non vedo. Che cosa dovrei aver notato?"

"La mia pelle... deturpata. Guarda, tocca!"

La mano dell'altro si appoggiò sulla pelle senza riuscire a sentire, eppure anche lui ora vedeva gli infiniti tasselli deturpanti.

"Non preoccuparti, ti presento due colleghi. Noi ti aiuteremo. Dopo il nostro intervento troverai la tua pelle vellutata. Troverai soltanto una donna, lascia che ti curiamo!" E le mani di tutti passarono lievi a cercare di ricomporla.

La sua mente era intanto fuggita lontano, sempre a quelle colline e a quei fiori d'estate annegati in una pozzanghera. E poi oltre, più oltre. Sentì ancora una voce dal mondo: "Dobbiamo operarla, l'intervento sarà decisivo!" e poi ancora la paura animale, la coscienza istintiva di giocarsi la vita. E il sapore salato di un mare dove stava annegando senza neppure pensare di attaccarsi a uno scoglio qualunque. Le lacrime calde che facevano compagnia.

Tra i lampi e la notte percepiva parole per poi sprofondare nel buio.

"Attenti, il seno si sfalda!" E sentiva il corpo scivolare, friabile. Sabbia su sabbia.

Il conto dei tasselli non tornava: "Ne mancano un paio".

"Li possiamo riprodurre!"

"Ci sono dei danni nella zona del pube!"

A tratti vinceva il sonno, a momenti uno stato di veglia apparente che sapeva tradurre il dolore in immagini, cosicché non soffriva. Vedeva.

"Ecco fatto. L'intervento è riuscito, si potrebbe collaudare!"

Le sembrò di svegliarsi mentre un uomo la cullava.

*Dormi e sogna bambina*
*qui la notte ti è amica*
*e il sogno mai delude.*
*Dormi.*
*Il giorno non ti ferirà*
*né la luce ti potrà svegliare.*
*Torna sempre, non fuggire.*
*Qui è la pace*

Aprì gli occhi su un viso di donna, mezza età, mal portata. La faccia di chi non ha tempo da perdere.

L'ambiente le sembrò quello di una stanza provvisoria d'ospedale. Quelle attigue ad un pronto soccorso.

"Finalmente si è svegliata!" L'abbigliamento della donna che le stava accanto corrispondeva in tutto alla divisa di un'infermiera. Il mondo si era fatto reale d'improvviso, al risveglio da quel lungo sonno.

"Cosa è stato?" domandò.

"È in ospedale. Ha subito violenza, non ricorda?"

Proprio non ricordava, ma sentiva la mente rinata, sgombra d'ogni pensiero. Gliela avevano lavata.

"È stata anche ferita, in modo superficiale, per fortuna! Ora chiamo il medico di turno."

Si sentiva riposata e nutrita, una flebo comunicava direttamente con le vene. Da lì giungeva il benessere. Non ricordava, ma era giunta a una svolta. Un'occhiata al futuro, si doveva curare.

Un medico controllò il suo stato, cercò anche di farla parlare, ma la donna dai capelli neri non sapeva a cosa si stesse riferendo. Non ricordava uno stupro, né percosse, tanto meno ferite.

Dopo un paio di giorni firmò per andarsene. La memoria dei fatti in questione non tornava. Per il resto stava bene.

"Ecco qua la prescrizione. Ansiolitici, antidepressivi e un bel ricostituente. Una bomba. La denuncia è partita d'ufficio. Se dovesse ricordare ne parli alla polizia!"

Il medico era giovane, abbronzato, gentile quanto poteva bastare senza per questo sentirsi coinvolto dal dolore degli altri.

Tutto calmo all'esterno. La città che scorreva.

Senza onde, l'interno. Calma piatta, niente urgeva. Nessun tuono brontolava e il vento non premeva i confini della mente. I pensieri diventavano parole senza mai ribollire, senza urlare.

La città sorrideva. Aveva poca importanza se quell'aria benevola che leggeva per la strada e le occhieggiava cordiale dalle finestre risultava artefatta per l'azione di opportune molecole concentrate in pastiglie, che ogni giorno regolarmente assumeva.

***

Ci sono cose, nella vita, che vanno fatte, lo si voglia o no, portate a termine come fosse un dovere. Da mesi la donna stava bene; qualche chilo di troppo, un bel viso riempito dalla pace che i tranquillanti le inducevano scimmiottando la danza delle foglie in una giornata dove tutto ciò che accade sembra giusto. Vita, morte, problemi, ogni cosa pare scivolare in una brodaglia di benessere fisico e d'armonia con lo spazio circostante. Un bel *rallenty* dove la mente gode di insperata e meritata tregua.

La sua pelle, praticamente guarita, rivelava cicatrici appena leggere che lei stessa individuava a fatica. Aveva adottato un trucco pesante che le dava sicurezza.

Rimaneva soltanto qualcosa da portare a termine. Sebbene ne fosse cosciente sentiva che l'esigenza non scaturiva dall'ansia. Viveva in un angolo, tranquilla grazie alla certezza che qualsiasi cosa dovesse accadere sarebbe prima o poi accaduta.

Un autunno tira l'altro.

Circa un anno si era consumato dai giorni del suo affannoso peregrinare. Il languore sottile di una stagione, embrione d'epilogo, le saliva formicolando per il corpo. Paradosso di un tramonto che vede la luce. E l'autunno le entrava dalle dita, insinuandosi nei capillari, convogliato dal sangue scorreva nelle vene. Raggiungeva i centri nervosi. Da qualche settimana viveva liberata. Nessuna pillola nella borsa, nessun orario da rispettare. Basta poco. L'atmosfera dell'inizio d'autunno, priva di balzi, sobbalzi e sospensioni, la lasciava godere di una dolce stanchezza.

Scese in fretta dall'auto parcheggiata in doppia fila e al volo comprò il quotidiano. I ciclisti, i pedoni, i motori e la fretta li stava assumendo, quel mattino, come dolce sorsata di folla, in cui stava anche lei, occupando un cantuccio senza troppe pretese. Prima di ripartire, il motore sempre acceso, scorse i titoli in prima pagina, sfogliò rapida il resto, soffermandosi sulla cronaca. Primo atto. La foto di un uomo deceduto. Le parve di averla cercata

62

come se già sapesse. Lo aveva conosciuto. Un paio d'anni prima si erano incontrati. Lui sul biondo, molto alto, sembrava portare un'anima antica in un abito sportivo.

Decise di telefonare al posto di lavoro, aveva bisogno di stare da sola.

Si chiuse in casa. Coricata sul letto fissava un cielo velato dal latte di tende sottili. La luce del sole ritagliava un piccolo rettangolo più luminoso. Somigliava a uno schermo. Lì lo vide.

Seduto a un tavolo del caffè del teatro. Locale dalla porta d'entrata alta e stretta e un'insegna sovrastante. Smisurata. Appariva deformata da un occhio d'artista. L'interno era buio. La scarsa luce esistente nasceva da *appliques* a lanterna, rimbalzava su vetrate colorate poste in alto, al confine del soffitto. Ricadeva dissolvendosi in un fumo perenne, collocato all'incirca dove si trovava la testa di un uomo. Lì la luce, nata fioca, dopo avere rubato i colori del vetro, giocava a inventare un arcobaleno sfocato. Etereo e indeciso fantasma. Alto il banco del bar, stretti e lunghi i tavolini addossati l'uno all'altro per sfruttare al massimo lo spazio ristretto. *Le Follie*, si chiamava quel locale.

L'uomo biondo in maglione era amico dei suoi amici.

Per lungo tempo lei non seppe che mestiere faceva, di cosa s'occupasse, anche se ogni tanto si vedevano. Intrigante l'idea reciproca di non sapere niente della vita dell'altro.

Ne era nato uno strano rapporto. Innanzitutto saltuario. Si incontravano raramente e non avrebbero saputo dire che legame esistesse tra loro. Elastico e poco impegnativo, lasciato in gran parte al caso.

Risaliva a due anni prima l'incontro nel bar del teatro. In una serata d'ottobre. Talvolta si viene creando un arcano legame fra eventi che si verificano in uno stesso periodo dell'anno. Vi si legge un codice oscuro che li unisce fra loro, elidendone altri ritenuti superflui. Ci vivono accanto in una dimensione sfalsata dal quotidiano quel tanto che basta per non essere banali.

Coricata con gli occhi trafitti dal sole filtrato fra le trame usurate della tenda, pensava che fosse l'autunno la stagione delle svolte decisive nella sua vita.

L'uomo era un buon affabulatore, quando non taceva. Lo ricordava perso sulle tracce di soliloqui infiniti a cui lei assisteva passiva, ricambiata talvolta dal silenzio dell'altro, quand'era lei a lasciarsi portare dall'onda di libere associazioni. Lui allora l'ascoltava.

Un colloquio fra loro non riusciva a ricordarlo. Almeno fino a una sera qualunque, di quelle che sembrano promettere niente e niente pretendere dall'animo umano.

Serata noiosa, quando l'uomo le fece notare, con un balzo inatteso, quanto fosse vellutata la sua pelle e come gli stimolasse proprio per questo il desiderio di violarne la compattezza. Lo disse scherzando, quella sera, e ridendo proseguiva: "La disegnerei per intero coprendola di piccole squame, tagliuzzandola di geroglifici... Ecco con un tatuaggio ti farei diventare una donna-lucertola. Da far invidia a un mito."

Insisteva a pensare e questo la stava portando alle soglie dell'emicrania. Da tanto non ne soffriva. Cercò i farmaci perché non aveva più intenzione di patire alcun tipo di dolore.

Il pomeriggio se n'era volato via insieme al mattino.

Era notte. Un lampione della strada ritagliava sulle tende un rettangolo di luce che spiccava sul buio. Le tornò alla memoria la sua pelle disegnata. C'era l'attore. Con lei, nel piccolo schermo. Le stava disegnando l'epidermide con una biro. Il contatto era freddo, eccitante. Le diceva sottovoce: "Non sai cosa sia il piacere, vero?» Lo aveva conosciuto, da lì in poi.

Ne era stata l'amante. Lo ricordava o meglio ne stava cogliendo l'emozione. Il ricordo vero e proprio ancora le sfuggiva, non c'erano immagini a sostenere le sue sensazioni.

Il giorno seguente l'autunno mostrava l'altra faccia. Il clima si era inasprito, nella notte. Faceva freddo, la città si andava innervosendo mano a mano che la vita stringe-va d'assedio gli abitanti.

Al risveglio la donna si sentiva stordita. Troppi i farmaci assunti nella sera precedente.

Non le bastò buttarsi fuori dal letto e in breve trovar-si sulla strada per stirare le pieghe che un sonno eccessivo aveva disegnato sul suo volto. Irritante era il suolo bagnato senza che piovesse dal cielo, senza la giusta spiegazione di tanta umidità. Nervosi i passanti e nervosa la natura.

Cercò nella borsa le chiavi dell'auto e nell'atto di aprir-la la vista ricadde su una propria mano. Era tornata la pelle deturpata, scomposta nei tasselli di un puzzle. Tornò a casa e infilò un paio di guanti; il freddo improvviso li avrebbe giustificati agli occhi degli altri. Sapeva che in realtà nessuno li avrebbe potuti vedere. Un odore nauseante di fiori imputriditi le prese lo stomaco costringendola a vomitare. Senza che ci fosse una causa evidente.

Fu allora che rivide la stanza e rivide la finestra. L'uomo biondo, i suoi amici, un piacere devastante. E la mente che veloce rompe il muro di ogni logica.

Troppo sesso, troppa droga, troppo grande la condanna del piacere.

Se ne andavano tranquilli gli altri due. "Ci vediamo domani!" come fosse normale.

L'uomo biondo la cullava.

\*\*\*

*Il fiume ansima*
*Verso la foce.*
*Sulle rive fangose*
*ha lasciato la voce.*
*Corre, sopra, il maltempo*
*e risale la corrente.*
*Stride il cielo e*
*sfregando la terra.*
*Acciarino fatato.*

*Crea la luce*
*di una scintilla*
*confusa col lume*
*che si va piano spegnendo.*
*Vagito neonato*
*tra braccia materne.*
*Concepito e nutrito*
*partorito e strappato*
*alla pace uterina.*
*Mi aveva insegnato*
*ad amare e morire.*
*Io l'ho ucciso.*

Camminava tranquilla stuzzicando col piede le ultime foglie d'inverno. Calma come un evento della natura che non osa sovvertire il paesaggio.

Avrebbe potuto decidere di costituirsi.

Stati di allucinazione persistenti.

Percorrevo la solita via. Autostrada a velocità controllata – vietato il ritorno sull'asfalto da poco bruciato.

Ripensare ai chilometri lasciati alle spalle e riflettere su come avrebbero potuto essere, se la storia dei minuti impiegati fosse stata diversa, era inutile quanto un pentimento tardivo. Poche uscite programmate. Indecisa le superavo senza mai imboccarne nessuna. E intanto avanzavo sul tragitto di quel viaggio consueto. Poche ore di guida che mi avrebbero portato più in alto, fra i monti, a soddisfare il bisogno di cambiare prospettiva.

Quel giorno ogni uscita laterale mi allettava, quasi odiassi il percorso più breve e sicuro, rifuggendo la retta ideale che portava a sfiorare il colore del cielo. Quel giorno pioveva, grande assente lo spazio sconfinato, oltre il sole e le nubi. Cappa grigia sulle spalle affaticate; un cappuccio di nebbie e piovaschi sopra il capo.

Non potevo vedere la meta. Forse proprio per questo ero tentata di svoltare con scatto improvviso, scavalcando il pensiero, a cercare un viottolo antico, poco oltre un qualsiasi casello d'uscita. A portata di mano, serpeggiante e inconsueto.

Ricordavo la catena montuosa in estate, quando viene incontro a chi guida, netta e chiara, verde e forte. Inconsapevole donatrice di rinnovato vigore, che credevi ormai perso, e di muscoli tonici, che avevi scordato, atti ad affrontarla.

Quella giornata invece era nitida e ombrosa al contempo. Un paesaggio serpeggiante appariva disegnato rasoterra. I colori violenti di cupezza autunnale, che bandiscono dal cuore ogni tipo di fragranza malinconica.

Morte dura della terra che si arrende, ma vorrebbe poter vivere un dolce dormiveglia fino alla Pasqua del grano verde, dei nidi nuovi. L'alluvione era recente. Poco sopra fumi e nebbie, piogge e veli di tristezza e di pietà per i campi sovvertiti, i detriti accumulati dalle piene dei torrenti e le case allagate. Basta e avanza a ferire il quotidiano. Le sue gioie e le sue noie rassicuranti.

Nuvole rasentavano la pianura; purgatorio che si insinuava tra le falde dei monti negandomi la vista consolatoria delle strette e tortuose vie che conducono a un paradiso. Ero sola e inerte, pronta ad espiare fra i vapori dei primi tornanti il peccato di essere nata fra gli umani di pelle incolore e il grigiore di una colpa indefinita nel pensiero. Guidavo in questo stato di ineluttabilità, godendo e soffrendo della mia solitudine, come ogni buona anima femminile, quale io sono, sa fare, che lo voglia o no, che si culli o si opponga.

Mi accorsi, ancor prima di vedere, che il sedile di fianco, accoglieva un'altra presenza. Non tardai a riconoscerlo.

"Che fai qui?" non seppi trattenermi dall'alzare la voce e rivolgermi a lui irritata.

Con la solita calma mi rispose: "Non cerchi compagnia?"

A domanda domanda, com'è nel suo stile.

"Ti stai prendendo una vacanza di tutto riposo?"

Io tacevo, guidavo e non rispondevo. D'improvviso decisi di fermarmi all'autogrill. Dovevo togliermelo di dosso. Forse lui non c'era, al mio fianco; forse era soltanto un pensiero invadente a cui avevo ceduto per fame e stanchezza. Un panino e un caffè mi avrebbero fornito le energie per la riscossa.

Così fu. Al ritorno, lui non c'era.

Avviai il motore. A volte il pensiero ossessivo riesce a farsi materiale; l'abitacolo invece era vuoto, e io sola.

Non ero ancora uscita dall'area di servizio che un'auto mi si affiancò, dopo aver lampeggiato insistente. Al volante c'era un uomo.

Era ormai sopraggiunta la sera di quel giorno mai nato. Già al risveglio mi aveva investito la pena struggente di un aborto, quando la luce delle ore mattutine si era immolata a un precoce crepuscolo. Una donna capisce se la vita si accende o si spegne senza fare rumore. Abbassai il finestrino e cercai di individuarne i lineamenti. Mi risultò un'immagine dalle tinte pallide, approssimativa.

"Si è accorta che la sua auto fuma? Si fermi finché è al distributore."

Il benzinaio diagnosticò con poca fatica una perdita d'olio. "Brucia olio, signora! Ne aggiungiamo un poco e per ora può andare, se la strada non è molta. Poi ci vuole il meccanico."

Non riuscivo a staccare lo sguardo da quell'uomo. Si era fermato poco lontano e, appoggiato al cofano della sua auto, parlava al cellulare. Lo vedevo di spalle. Eccessivo. Mi era parso triviale fin dalla prima impressione vaga, quando la sua auto mi si era affiancata e cercava di parlarmi oltre il finestrino. Era un uomo non bello e carnale, che avrebbe potuto gustare ugualmente un piatto di pasta fumante o un corpo di donna. Mi salutò mentre pagavo al benzinaio l'olio che aveva aggiunto e sparì nella sua auto. La partenza fu sopra le righe come la sua corpulenza. Si mangiò in un attimo asfalto e battistrada.

Al mio umore si era aggiunta una goccia extra di fragilità. Non potevo molto contare sul mezzo di trasporto cui mi ero affidata, una sicurezza in meno.

Il buio mi affaticava la vista, ma nascondeva quel paesaggio violato che fino a poco prima aveva accompagnato il mio viaggio. Il livore del giorno era stato ingoiato da una notte pietosa. Qualche cumulo di neve compariva sul ciglio della strada a indicarmi che il sentiero saliva e l'aria si stava facendo più fredda.

"Ti trovo stanca" sussurrò la sua voce al mio fianco.

Ancora lui. Insisteva ad entrarmi nel cervello. Se avesse potuto avrebbe afferrato un ariete e sfondato la porta della mia resistenza. Cercai di non voltarmi, temevo di vederlo davvero come se fosse lì, compagno di viaggio reale, e io pazza. I suoi occhi nel viso composto a fissarmi Senza battere ciglio. Sapevo che avrebbe continuato a parlarmi.

"Che cosa non va? Quell'uomo ti ha infastidito, si vede. La tua cenestesi si è alterata?"

*Muove onde l'emozione*
*nello stagno del ricordo*
*e i cerchi si fan stretti,*
*tanti anelli intorno al sasso*
*che oggi il caso ti ha lanciato.*

Sempre più irritante con quella sua mania di comporre cantilene per irridere la ragione.

Mi stavo avvicinando al paese. I tornanti si facevano stretti e la strada saliva. Nel buio le luci erano quelle di ogni notte invernale. Non potevo vedere i danni provocati dall'alluvione, ma sentivo nell'aria un dolore che mai avevo incontrato in quella valle. La stretta al cuore che dà l'impotenza. I tetti illuminati dai lampioni rimandavano il candore della neve a occhi predisposti alla vista di grigie rovine. Bagliori sul fango.

"Perché non rallenti?"

Questa volta aveva ragione, stavo superando i limiti di velocità e comunque da lui non potevo fuggire. Viaggiava con me, alla mia velocità. Mi seguiva paziente o aspettava appena oltre. Da tanto fiancheggiava la mia vita, in una sorta di itinerario parallelo. Invocato e respinto. Anche lui avviato al suo destino. Despota e prigioniero di una memoria fra le tante. La mia.

Lasciavo alle spalle il centro abitato: poche case che sapevo di pietra grigia, accennate nella notte, appena più chiare del buio, quando la figura di un uomo, giacca a vento arancione, una moderna lanterna nella mano destra alzata, indicò di fermarmi.

"Una slavina è caduta più avanti. Roba da poco, ma ostruisce la strada. Ci vorranno alcune ore. Le conviene fermarsi in paese."

Mi guardai alle spalle, una stanza in albergo era l'unica soluzione; avrei potuto proseguire la mattina seguente.

Il mio compagno parlò: "Hai una notte da passare con me, sei contenta?".

Rassegnata, decisi di subirne la presenza e crearlo dal niente. Ritrovare i suoi occhi, Costruirne le mani e donargli la vita a cui tendeva. Una notte come se lui fosse stato vero. In qualche modo non sarei stata sola. Mi voltai verso il sedile di fianco e lo vidi finalmente incarnato. Sorrideva affettuoso.

"D'accordo, sto con te."

Si mise comodo, aggiustando la sua posizione fino ad allora precaria e lancio un altro sasso nello stagno già increspato: "Chissà dov'è l'uomo dell'autostrada. Non vorresti incontrarlo?"

***

Di stanze, negli alberghi del paese, ce n'erano tante. Pochi erano saliti dalla città, nonostante il week-end fosse lungo. Non riposa il dolore degli altri, esistenze sovvertite da crolli e valanghe non sortiscono effetto di fiaba, non ritemprano spirito e corpo. La piazza era un nido abbandonato, deserte le piccole vie, corte e strette. Lui camminava al mio fianco e mi cingeva le spalle col braccio quando una voce interruppe il silenzio: "Beve qualcosa, prima di coricarsi?" Era l'uomo dell'autostrada, anche lui, come me, costretto a passare la notte in paese. Mi pensava da sola, non vedeva il mio compagno invadente. Di lui seppi che aveva una casa in fondo alla valle e voleva constatarne le condizioni.

Guardai al mio fianco e lessi negli occhi del mio compagno l'assenso di chi, dalle ore a venire, si aspetta qualcosa.

Accettai. In caso contrario sarebbe sparito e tornato ad urlarmi nel cervello il suo ambiguo richiamo. Lo preferivo fantasma, preferivo guidasse la notte a suo piacimento, maestro schivo ed esigente. La mattina a venire probabilmente se ne sarebbe andato e avrei ritrovato il mio eco fra i monti, a rimbalzare sulle pareti rocciose. Giocoso e vitale. Sarei stata libera, almeno per un tempo limitato.

Nell'atto di prenotare la stanza, avevo incontrato il proprietario. Lo conoscevo da tempo: uomo dall'apparenza gracile e malaticcia da sempre. Sembrava che la tisi lo minasse e invece era sano, logorato soltanto dal peso del troppo denaro accumulato negli anni dalla sua triste vita, che niente aveva concesso alla soddisfazione del corpo. E il suo corpo rispecchiava la sua storia.

La donna che gli stava vicino fungeva da efficiente impiegata. Non avevano figli e gestivano l'oro come gnomi del Reno. Un tesoro da rubare agli dei. Consegnò ad entrambi le rispettive chiavi.

Davanti a un punch caldo, R.W. mi raccontò una storia che si sarebbe adattata a chiunque. Una moglie, due figli adolescenti. Conversava pacato e cordiale, tanto che gli parlai della casa che avevo in affitto da anni, di fronte alla cappella che si incontra sulla destra, più avanti, prima dell'ultimo tornante. Da lì in poi la strada si snoda tranquilla. Gli parlai dei miei solitari riposi e di un eremo segreto che comunque si annidava dentro i miei pensieri nascosti. Inviolato e inviolabile sempre.

Fu così che mentii e il mio amico fantasma mi tiro un calcio violento sugli stinchi. Nel frattempo la sua soffice mano risaliva dal ginocchio più in alto. "Non metterti a dire bugie" sussurrava segretamente al mio udito, "sai benissimo che non è vero. Ricordi la nostra storia? Non potevo accettare il tuo rifiuto e ho giocato la carta che avevo. Conquistare il tuo eremo è un gioco da ragazzi. Perciò non mentire..."

Abbassai lo sguardo. Era vero, era stato più astuto di Ulisse, il giorno che mi aveva incontrato, aveva abbattuto facilmente le mura che cingevano l'eremo, deboli per eccesso di fiducia nella loro resistenza.

Il camino del locale era acceso. Le pareti annerite dal fumo, la luce di fiamma accendeva il volto pieno di R.W. Lo faceva ora rosso, ora giallo, infuocando la sua scarsa avvenenza coi riflessi di un eros ancora lontano. Il suo sguardo di ghiaccio resisteva al calore. Le sue iridi chiare non sapevano sciogliersi nel languore dell'invito sessuale. Voleva soltanto, non chiedeva. Il fantasma nel frattempo mi stava vicino, la sua voce mi cantava una nenia, la sua mano mi stringeva una mano.

*"Vedi il fumo che sale nel camino?*
*Così avvenne quel giorno della tua volontà.*
*Le mie mani han serrato la tua stanca memoria,*
*hanno stretto le antiche parole,*
*sedimenti di tempi lontani,*
*scarne impronte di bei sentimenti,*
*fino a soffocarle.*
*Nuovi e freschi pensieri*
*sono stati il mio dono.*
*Acqua limpida ha gorgogliato*
*in un'alba più chiara.*
*Io ti ho liberato.*
*Ora sono il tuo nuovo padrone*
*e tu la mia schiava."*

Il proprietario del locale si stava affaccendando intorno ai tavoli vuoti con l'intento evidente di carpire qualche frase del nostro colloquio. Ogni tanto lanciava un'occhiata nella mia direzione. Il suo colorito verdognolo diventava limone tra i riflessi del fuoco.

Mi sentii di dovergli parlare: "Sua moglie non c'è".

Si avvicinò immediatamente come se non aspettasse altro. "Mia moglie e scesa al fondovalle da sua sorella. Abbiamo una stalla laggiù, che ha subito qualche danno. Qui è peggio, e tutto da rifare in paese. E buio, non può aver notato il disastro, ma la valle e cambiata. Spero che non ne risenta il turismo, soprattutto quello estivo: ci vorranno degli anni perché l'erba rivesta le rive del torrente."

Faceva caldo, fui costretta a sfilarmi il maglione, mentre R.W. mi squadrava.

Il fantasma continuava: "Non vedi che ti desidera? Basta un cenno per fargli capire..."

"Non mi piace" gli risposi silenziosa.

"Ma che importa? Ti ho insegnato qualcosa se non sbaglio... come ci si può piegare al volere di un uomo per esempio... e venire inondate da un cocktail di sperma e piacere... Senza averlo sognato... pensato... voluto. E sentirsi domate da una forza più grande e potente... il maschio... la natura... il destino." Il fantasma mi agguanto per un braccio, mentre stavo per alzarmi. "Ferma sciocca, dove vai?

Questa notte la passeremo con lui, e deciso. Che ne dici, non ti senti puttana in fondo al cuore? Anzi, non ci faremo pagare, così ancor meglio sarai sazia del suo orgoglio, e del mio. Ancora schiava finalmente. Non cercare di fuggire o pagherai fino a roderti il cervello con un tarlo. Non saprai chi sarai fino a quando riuscirai nuovamente a piegarti al potere di un uomo. Molto meglio se non esercita attrazione su di te... non l'avrei scelto se non fosse stato così."

Il suo tono scivolava tra il sarcastico e il mellifluo. Le mani trasparenti mi stringevano i seni.

Il padrone si era allontanato, cercai di parlare al mio occasionale compagno del più e del meno, ma il fantasma continuava a sedurmi.

"È sola stanotte?" domandò l'uomo con fare tranquillo, come se avesse seguito la mia impari lotta interiore.

Il rifiuto si fermò sulle corde vocali a vibrare con un tono di triste sconfitta, nel cavo della bocca, fra palato e denti, si capovolse come una clessidra che ha finito la sua ora.

Dalle labbra suono un "Sì".

Risalimmo insieme le scale strette e scricchiolanti, io davanti, lui dietro. Intravidi ancora una volta il padrone dell'albergo, gracile e malaticcio all'apparenza, che ci seguiva con lo sguardo. Da me non se lo sarebbe aspettato. Mi si strinse lo stomaco, ma pronta la voce fantasma mi distrasse: "Meglio ancora. Il sospetto e la condanna: condimenti sopraffini per il sesso."

La temperatura dei locali, eccessiva, contrastava con il vento di Nord che fuori sferzava le mura. Le folate come schiaffi. L'aria rimbalzava fra i monti, urtava le pareti, si illudeva di potersi calmare proprio quando incontrava resistenza. Poco sopra il paese una gola rocciosa strozzava il torrente, lo spingeva più in basso come per seppellirlo. E quel vento portava la tormenta. Le luci esterne avevano il calore del fuoco. Camini o candele e poi il buio. Tenue aura di lampade ad olio. Così è stato una volta, e la vita appariva diversa, quando ancora l'immagine sfumava nel dubbio e le troppe certezze non confondevano il pensiero.

Il mio tempo e il suo, del mio occasionale compagno, era rimasto ad attendere passeggiando fra gli stretti vicoli del paese. Cullato dal dondolio delle luci, con i piedi ben saldi al suolo, resistente a quel vento. Iniziava il nevischio irrequieto, che non tocca la terra se non dopo una danza casuale e rituale al contempo. Vento, figlio di un lontano maestrale, vento locale che non può essere teso, ma ribelle. Senza spazi terreni, forse e libero alle alte quote, quando spazza la neve e risuscita la danza ormai spenta.

Aprii la porta della mia camera, lui al seguito.

"Vuoi fumare?" domandò, "sai... aiuta, se e quello giusto." Il fantasma, nell'ombra, appoggiato a una parete, le braccia conserte, sorreggeva l'ambiente. Sorrideva a labbra serrate pregustando la notte. Era anche cresciuto, dilatato come un gas che riempie il vuoto di sé. In altezza, in larghezza. Inodore.

Lo squillo del telefono mi distolse dalla visione.

"Ha bisogno qualcosa, signora?" insinuò l'albergatore. Riattaccai. Non udii la risposta.

"Puoi spogliarti... se sei sempre dell'idea."

Era piccola quella stanza. Allegra e raccolta. Nell'estate avrebbe ospitato chi davvero ama i monti. Alpinisti bruciati dai raggi alterati del residuo di sole che ci è dato godere, prima del grande freddo. O signorine. Sole e arzille. Cuore di bimbe conservato in aceto. Agrodolci entusiasmi che rifuggono dal ciclo vitale. Senza estati né inverni. Impegnate in un gioco che non vogliono giocare.

Legno chiaro dovunque, dalle pareti al pavimento e, su su, fino all'armadio. E trapunte sognanti grandi abeti dai rami piegati sotto il peso di una fiaba.

"Ehi, bambina..." sospirò il mio fantasma, "Torna qui, non fuggire... Non puoi farlo, non più. Quella storia... non ricordi? È uno scherzo fermarti, per uno come me. Ogni mezzo mi è concesso." Mi guardava, ma sembrava compreso in un pensiero.

"*Anzi, pensandoci bene, ascolta.*
*Sono antico e sono nuovo.*
*Sono stato e sarò sempre.*
*Fin che il nido troverò*
*nei ricordi di una donna*
*le mie vesti saran queste...*
Ti piace la filastrocca? Ti trasmette le magiche onde del mio amore?"

La sua voce si modificò, fu subito forte e decisa: "Penso che sia giunto il momento di far conoscenza con il tuo compagno, che ne dici?" Stava sprofondando in poltrona nonostante la sua levità. Era soffice e obeso. Debordante. Aveva un'apparenza *demodé*, ora. Signore benestante con un paio di secoli addosso. "Ti piacciono le sete orientali?"

Aprì il piccolo armadio e mi gettò addosso metri e metri di stoffe preziose. Si fermò, irritato dal mio sguardo smarrito: "Non ti piacciono i lussi?... preferisci un padrone che ti frusti prima di violentarti? Preferisci i poveri panni di una donna per bene? Come vuoi... il risultato non cambia." Calmo l'ira: "Che cervello piccino ti ritrovi... farti vittima in un gioco così bello... fa lo stesso." Mi girò le spalle, quasi offeso. In cuor mio non volevo che se ne andasse.

Anch'io non amo interrompere un gioco. D'improvviso si voltò: "Ho capito! Oggi forse preferisci l'eterno presente, l'attimo di connubio con astri e infiniti... d'accordo, i tempi cambiano e la mia seduzione non può certo rimanere indietro. Guardalo! Non ti ricorda nessuno?"

R.W. si stava spogliando, il ventre rigonfio, i muscoli forti. Come un Buddha rapito dai sensi, si sedette sul tappeto. Aveva fumato abbastanza.

Il vecchio fantasma con giacca e panciotto gli parlò da uomo a uomo. Gli sedette vicino, parlottarono all'ombra come due venditori sulla piazza del mercato. L'uno ebreo, l'altro indù. Strana coppia male assortita. Uno nudo, l'altro vestito di tutto punto. Portava anche un alto cappello in feltro. Avrebbe potuto essere un avaro proprietario di miniere. Il denaro gli usciva dalle tasche.

"Ti consegno la mia amica. Fanne ciò che vuoi, ma non pensare di eliminarmi dal gioco."

L'accordo sembrava raggiunto.

Lo chiamano amore, o soltanto rapporto, a volte scopata, ma alla fine, quella notte, fu un banchetto. R.W. si cibava avidamente del mio sesso. Il fantasma rosicchiava i miei seni. Non gettarono nemmeno le ossa, tanto ingordi li aveva resi l'abbuffata. Si sa, l'appetito vien mangiando.

Quanto a me, stavo bene finalmente. Pace e morte vanno insieme, in oriente, in occidente, nelle acque del gran fiume, sugli altari degli eroi...

Le ore del mattino cancellarono il vecchio fantasma.

Rimase solo R.W "Ce ne andiamo?" mi disse.

Per quel che mi riguardava ero già pronta da un pezzo.

Lui aveva dormito un paio d'ore, mentre mi congedavo dal signore senza età. R.W. mi baciò sulla fronte.

Prima di scendere volli aprire gli scuri che ci avevano protetto dall'attacco dei pentimenti. Sentimenti e morali ululavano ancora fra le viuzze del paese, ma il sole era di una feroce allegria, l'alluvione un ricordo di quando non c'era tanta neve. La rovina nascosta dal manto nevoso era un dolce Susseguirsi di dossi, i bambini del posto trascinavano slitte.

"Passato bene la notte?" L'albergatore gettò la domanda fra me e il mio compagno, un dado truccato sul tavolo verde. Gli occhi neri, vivaci, l'epidermide candida, rifrangevano la luce di stella come tutto il paesaggio.

Il dono del mimetismo non è stato concesso soltanto a qualche esemplare del regno animale. Quell'uomo malato per finta o per convenienza ne era la prova vivente. La sera precedente, nel locale dove si chiacchierava e si consumava il riposo, il suo sguardo era solo un tizzone ormai spento; estromesso dal fuoco e gettato lontano dalla combustione odorosa di legni di montagna, poteva spiare Senza essere visto. Ora, alla luce del giorno invece, se non fosse stato per la sciarpa e il berretto che segnavano il limite fra il viso e il riverbero intenso, l'avrei forse calpestato volentieri, nel suo gelido impasto sfrigolante e compatto di neve, denaro e pensieri morbosi. "Ci vediamo... signora!" vociò e già nella mente era un'eco.

R.W. mi guardò senza che trapelasse emozione. Ci congedammo con due scarne parole quali sono sia il "Ciao" sia l'"Arrivederci", dopo una notte come quella che avevamo alle spalle.

Iniziai la salita. La mia, lenta e sinuosa accompagnava i tornanti. Lui invece schizzò via come aveva fatto il giorno prima nella piazzola dell'autostrada. Indubbiamente i nostri tempi erano diversi. Viveva nell'oggi, frenava con forza o mordeva l'asfalto. Io camminavo sul sentiero tracciato dal giorno che conobbi il fantasma. Era ieri o molti anni prima, ma comunque il ricordo avvolgeva il presente di una veste inattuale.

Il paesaggio intorno era nitido e forte, i colori eccessivi. Mai nessuno sfumava nell'altro e il verde che riusciva a mostrarsi era verde soltanto, Come azzurro era il cielo, e la neve candore. Fra le mie riflessioni, contrizione e speranza si rubavano la scena. Fino a che non riuscì a calare il sipario sulla notte passata, e sugli occhi pungenti dell'albergatore... e sull'atto di un bacio... e sul gesto d'amore...

L'appartamento era freddo. Di R.W. non avrei saputo più nulla e il fantasma mi lasciava riposare. Così feci per un paio di giorni. Quando uscivo di casa per respirare l'aria frizzante di un tempo stabile, sereno ad oltranza, incontravo una donna del posto, una dei pochi residenti dell'alta valle. Poco più anziana di me, pareva una vecchia. Sovente era cordiale, quasi amichevole, a volte più arcigna delle cime incappucciate dalle prime nubi di un temporale.

Mi raccontava del marito, gran lavoratore, e dei figli che non volevano saperne di studiare e di cercarsi un lavoro in pianura. Non voleva vederli finire in una stalla, lei che era già solcata dalle rughe sul viso asessuato di montanara. Mi raccontava delle galline scomparse dal pollaio senza lasciare tracce. Non poteva essere stata la volpe, né il falco, ma di certo era il vicino dispettoso, permaloso, quasi pazzo nel difendere i confini del suo pascolo dagli intrusi.

Il suo corpo era asciutto e massiccio, alto. Forse un giorno di tanti anni prima era stata una femmina.

Mi bevevo a sorsate il piacere del silenzio interiore ogni ora del giorno e lasciavo parlare solo i monti sotto l'arco del sole, così breve tra le cime, così basso, grazie alla stagione.

Fu il tramonto dell'ultimo giorno, quando stavo cercando di stivare in una borsa quei pochi vestiti che avevo portato, che mi nacque spontanea una domanda: "Come si alimenta un fantasma?" Non ne sapevo più niente, forse stava morendo d'inedia.

L'acqua, sul greto, scivolava verso valle, e io con essa.

Torrentizia e impetuosa fiancheggiava i tornanti.

Imboccai l'autostrada, e il fiume affiancava un'assurda fiumana di auto.

Congestione di traffico durante il rientro, come sempre.

Ma il viaggio rifletteva le mie riflessioni, mentre nuovo maltempo si addossava alle vette. Fari d'auto mi abbagliavano gli occhi senza tregua. Era unassedio di luce, a volte un duello.

Tra la legge e l'esistenza vacillava il mio pensiero: quanta dose d'amore e quanta di violenza nell'alchimia del nostro rapporto? E se allora l'avessi denunciato? Lui non c'era ad aiutare il ricordo; forse stava svanendo in un brodo di episodi precedenti al *big bang* di quel giorno, quando aveva deciso di amarmi senza che lo sapessi.

Ero calma in ogni caso, quotidiana come il pane del mattino, il giornale... un caffè o un cappuccino... Il rientro e il lavoro... Ero ovvia come gli altri che facevano tribù nella guerra del rientro. Dove stava il mio fantasma?

Arrivai in città nella notte, quando il cielo gocciolava con fatica. La porta dell'ascensore si aprì sul pianerottolo del mio appartamento. Le luci erano accese e la porta d'ingresso dei vicini era aperta. Dall'esterno si capiva che ogni stanza veniva illuminata più di quanto richiede una notte normale. Le voci che provenivano dai locali erano diverse, concitate, alternate al silenzio.

Uscì una donna anziana a testa bassa, senza quasi vedermi. Fui io a domandarle: "È successo qualcosa?»

"Tutti morti" mi rispose come se fosse un evento normale.

"Quando?" replicai.

"Il primo giorno di vacanza, sull'autostrada, a pochi chilometri dal casello d'ingresso." Aveva l'aria di leggere un notiziario. Così si esorcizza la fine, ai giorni nostri, con l'informazione. Sparì nell'ascensore.

Io mi rifugiai in casa chiudendo la porta con tutte le mandate possibili. Quando mi riebbi, pensai al mio fantasma. Fra tanta rovina pure lui era sparito.

E quando il mattino seguente corsi in strada per cercare di ridurre il ritardo e arrivare al lavoro a un'ora decente, piansi come una bimba dietro gli occhiali da sole. La gente si avviava a trascorrere il giorno scansando, com'è ormai consuetudine, l'ostacolo dell'esistenza. E io pure. Nevrotici, astenici, soffocati dal vuoto. Con l'unico scopo di morire senza avere vissuto. Spleen di massa, ovvero indifferenza.

"Ehi bambina." Mi voltai. Pochi passi dietro me c'era lui, era tornato.

"Io ti voglio sempre mia.
Tu lo sai che ti ho adorata
fino al giorno del banchetto.
Ho gettato le tue ossa,
ma ora vedo nuova carne
a rivestirle.

Potremmo trovare insieme un nuovo compagno di letto? Ti va?"

Fui avvolta dalla nebbia della sua dilatazione. Presi a camminare per strada nascosta agli occhi altrui dalla nuvola di gas onirico che mi perseguitava dal giorno del nostro incontro. Io neppure riuscivo a vederli.

Nella nebbia identificai un uomo al mio fianco. Aspettava al semaforo, il viso rivolto dalla parte opposta. Si girò quando si accese il verde: "Ciao" mi disse, "ti ricordi di me?"

Alle sue spalle il fantasma si stava contraendo e cercava la forma più adatta. La figura di un altro uomo assorbiva il vapore e la luce tornava sui visi dei tanti passanti.

Il fantasma mi prese la mano.

Era vero, conoscevo quell'uomo.

# L'uomo che smontava le donne

Avevano faticato per entrare. La porta e le serrature opponevano una resistenza inconsueta. Inconsueta era anche la stanza su cui si affacciava l'ingresso. Buio intenso.

Il commissario di polizia cercò sulla sinistra l'interruttore.

"Che ci facciamo a casa di Geppetto?" Domandò all'appuntato che lo affiancava.

Dal soffitto pendeva una vecchia lampadina, all'incirca 40W di potenza, la luce creava una sfera con intorno un alone.

Una sorta di sole impotente tentava di illuminare la stanza. Verso le pareti il buio s'infittiva. Fino a confondersi col buio La stanza.

Era grande, immersa in una notte perenne.

Sotto il sole fasullo i reperti di legno. Arti singoli, teste appena abbozzate o addirittura lisce senza accenno di lineamenti.

*Toupet* e parrucche di capelli sintetici variamente colorate.

"Vedete un po' di illuminare la zona sul fondo!" esortò il commissario. E nel buio comparve un banco di lavoro, tanto immenso quanto lo era la stanza. Inatteso, un ordine estraneo ala prima impressione. Tutto ben sistemato. Processione maniacale di legni giunti a vari livelli di lavorazione.

"Ma chi era, lo sa qualcuno?"

I poliziotti tacevano.

"Eppure in città ci viveva. È mai possibile che non corressero voci su quel che faceva. Si parla, per Dio, in questa città! Ce n'è sempre per tutti! Voi passate gran parte del giorno a bere caffè nel bar vicino alla questura. Che diamine, parlate soltanto di donne?!"

Un paio di porte si affacciavano sul locale d'ingresso. Chiuse.

Probabilmente oltre si trovava l'abitazione vera e propria.

La prima che fu aperta dava sul bagno, modesto e pulito, la vasca su un lato e un paio di accappatoi appesi a un gancio. La finestra era in alto, bassa e larga con i vetri opachi, senza tende.

Dalla parte opposta del laboratorio si entrava in un breve corridoio. Cucina, altro bagno, una stanza senza arredi, camera da letto.

Una donna.

Lo sapeva!

Lo sentiva, il commissario, da subito, da quando i suoi begli occhi neri da serie TV si erano posati sulla luce del sole impotente.

Bella donna, vestita di poco, mollemente legata alla testata del letto. "Belle tette! Cosce toste!" L'inconscio collettivo generava un pensiero comune.

"Lo sapevo!" si riebbe il commissario.

Si avvicinò da solo a quel letto. Privilegio del potere.

Stava bene la signora. Era in carne. Carne di prima scelta. La slegò con piacere, mentre lei lo guardava con due occhi da cerbiatta.

"Come va?" un approccio banale, quello del commissario.

"Penso bene" gli rispose come se si fossero incontrati sul corso.

"Penso che abbia molto da raccontarci, signora!"
"Perché?" rispose la cerbiatta.

Sbarrò gli occhi" Venga, la portiamo in ospedale"

"Perché? Io non vengo. Le ho già detto che sto bene. Poi non lascio casa mia."

"Casa sua!?"

"Fra poco tornerà"

"Chi?" domandava il commissario, cercando di capire se la donna fosse sana di mente.

"Giano"

"Ah, così si chiama?" interveniva il poliziotto recitando confidenza.

"Lo conoscete? A proposito, voi chi siete?" continuava la signora con dolcezza. "Sa, ogni tanto qui vengono amici di G., ma di solito quando in casa c'è anche lui."

L'uomo non sapeva come proseguire quello strano colloquio. Non voleva insospettirla, ma voleva continuare. Per capire.

Iniziava a intravvedere paradisi provinciali di vizi e perversioni, ma lo sguardo tanto ingenuo della donna lo metteva in stato dall'erta. Temeva di sbagliare, temeva di interrompere la confidenza da cui avrebbe potuto ricavare informazioni decisive.

Alla fine invece decise

"Cosa vengono a fare questi amici?"

"Oh, G. mi presenta loro come il suo capolavoro."

Gli occhi della donna rivelavano un profondo legame con il suo convivente. Ne era compiaciuta.

L'emozione le si disegnava sul viso, le riempiva la voce di cascate sognanti e spumose.

Assomigliava all'amore rosa.

Ne aveva letto qualcosa il commissario, sfogliando romanzi lasciati da sua moglie nel letto, in cucina, nella stanza da bagno. Pensava che fossero tracce da non seguire.

Gli bastò rifletterci un poco per capire che in quella casa costruita intorno d un laboratorio artigianale tutto doveva essere profondamente diverso.

La donna si alzò e prese a vestirsi. I suoi movimenti erano calmi fino all'inverosimile. La sua bellezza, sfuggente.

Il commissario la guardò per qualche minuto senza parlare, la calma di lei lo invadeva. Poi le disse

"Dovrei dare ancora un'occhiata per la casa!"

"Faccia pure"

Poco convinto riprese a curiosare senza sapere cosa stesse cercando. Si diresse verso un piccolo uscio in cucina. Più basso degli altri dava l'idea di comunicare con uno sgabuzzino. Girò la maniglia. Chiuso a chiave.

"Ci può aprire signora?"

Con la solita calma si affacciò alla cucina.

"No, di quello ha le chiavi G."

"Poco male, facciamo presto" La signora guardava. Pareva non essere in grado di scomporsi e che niente la stupisse.

O la urtasse.

Pareva destinata all'attesa di niente. L'aspettativa senza evento. Già raggiunta la sua meta. Attendeva, infatti. Che aprissero l'uscio, che arrivasse il convivente. Che l'attimo scivolasse in quello seguente.

"Non siete sposati, vero?" non risultava al commissario.

"No, ma è come se lo fossimo". Rispondeva, ma non domandava. Non voleva sapere o sapeva?

"Fra poco deve andare a prendere a scuola mio figlio"

"Suo figlio? Avete anche un figlio?"

"No, è mio. Solo mio". Una luce illuminava la cucina, veniva diretta dai suoi occhi bruni.

"Come, solo suo?"

"Lo dice sempre G, ogni figlio è di sua madre. È così fra gli animali, mi dice, quindi lo è anche per noi."

Tacque. Il corpo nascosto da una gonna qualunque, mortificato da una camicia troppo ampia. il viso senza trucco.

"Non ne ha bisogno" pensava il commissario mentre ancora la guardava. Si avvicinò ad un poliziotto e gli diede ordine di andare alla scuola per informarsi del bambino e prenderlo in consegna. La donna non se ne accorse.

"Un bell'animale con deficit intellettivo" ipotizzò fra sé il commissario.

Nel frattempo lo sgabuzzino era stato aperto.

"Venga commissario! È un ripostiglio molto particolare!"

La porta era talmente bassa rispetto allo standard che l'uomo dovette incurvarsi. Scopa elettrica, aspirapolvere, asse da stiro. Normale. Ma sul fondo si alzava il soffitto, le pareti si allontanavano. Qui, nel caos, comparivano gambe di donna, bocche rosse e carnose, busti di ogni genere, occhi grandi e sognanti o felini, intriganti. Interiora, anche quelle. Organi integri in apparenza. Ciglia finte. Plastiche e gommapiuma.

"Giochi strani, in questa casa" considerò incuriosito mentre bocche eccessive lo invitavano a un bacio e pubi perfetti di bionde o di more stimolavano la libido in modo imbarazzante...

"Signora, questa roba cos'è?" urlò dal fondo del locale perché la donna che stava in cucina potesse ugualmente sentirlo.

Nessuna risposta, uscì dall'ambiguo locale. La morbida bruna stava cucinando, come se intorno non ci fosse nessuno. Affettava con cura sedani e carote, preparava un'insalata.

Il commissario trovava conferme continue all'ipotesi che non fosse normale. Ripeté con voce accattivante d un tono paterno, quello che pensava si dovesse usare con chi non è sano di mente

"Signora... la roba nello sgabuzzino?"

"Sì, avevo capito, ma è di G. Lui ci gioca, ci lavora. Non la tocchi, per carità altrimenti si arrabbia!"

Corrugò la fronte sconfortato. Così bella, così folle.

Si avvicinò agli altri del gruppo

"Uscite, ragazzi, aspettatemi fuori. Che qualcuno mi faccia sapere del bambino" non curava neppure di abbassare la voce. Il suo cuore, in compenso, provava una pena dolorosa.

"Signora, smetta un attimo di cucinare. Mi racconti."

"Ad esempio?"

"Ad esempio" prese qualche secondo per trovare l'inizio più adatto "ad esempio mi parli degli amici"

"Sì. Vengono ogni tanto, per constatare i miei progressi. G è molto orgoglioso di me."

"Ha avuto dei problemi di salute?"

"No, io sto sempre bene. G. dice che divento ogni giorno più bella. Che non esiste un'altra donna come me. Io non so, sto qui in casa. Lui pensa a tutto!"

Senza parole, per qualche minuto, ci rimasero entrambe. I mobili della cucina erano bianchi, il profumo di soffritto si stava facendo troppo intenso. La signora si alzò e spense il gas. L'uomo abbassò gli occhi sul pavimento di ceramica grigio, lindo e odoroso come se la brezza alpina gli avesse donato profumo di resine.

"Chissà da quanto era legata?" Faceva attenzione che dai tratti del viso non trasparisse una virgola dei suoi dubbi e del tentativo di estrarre risposte da ciò che vedeva. Temeva che gli occhi della cerbiatta sapessero leggere il linguaggio visivo, più eloquente di quello sonoro soprattutto per chi vive d'istinto come fa l'animale o soltanto d'emozioni, come spesso fa una donna. Rifletteva il commissario.

"Piaccio molto ai suoi amici, sa?"

Non aspettava un'iniziativa del genere, pensò di coglierla senza indugio.

"E il nome degli amici, lo conosce?"

"No, i nomi non li so. So però che c'è un avvocato, un professore, anche un medico. Poi... aspetti, un commerciante... anche un operaio. Gente varia, ma gentili."

"E cosa fate?" osò il commissario.

"Mi guardano, mi toccano."

L'uomo ruppe gli argini dell'autocontrollo "Abusano di lei?" inveì già colto dall'ira del vendicatore.

"Cosa significa?"

Disarmante, una simile domanda non poteva prevederla.

"Voglio dire, con lei hanno dei rapporti sessuali?"

"Oh no. Non so neppure cosa siano. Ne sento parlare. Da loro soprattutto. Ma io non li ho mai avuti"

Continuava tacendo, il commissario "È pazza"

"E il bambino, quando è nato?" Era certo di poter chiedere qualsiasi cosa ormai.

"Non ricordo. Lo vedo tutti i giorni. Me lo fa vedere G. al computer che è di là nello sgabuzzino. Tutti i giorni, quando voglio."

"Non lo tiene con sé?"

"G. mi dice che non posso fare fatica. La fatica sciuperebbe la mia bellezza. Un bambino, sa, è faticoso. Cucino qualcosa tanto per non annoiarmi. Riordino un po', ma siamo noi due. Il laboratorio no, quello non lo posso toccare, se ne occupa G. Mi dice che lì inventa, studia, costruisce. Pensi, un giorno mi ha detto che da lì potrà controllare la vita. Chissà cosa voleva dire esattamente."

Il commissario ascoltava, ma intanto la sua attenzione si era spostata sul computer. Aprirlo sarebbe stato decisivo.

"Mi accompagni al computer, signora."

"Lei è un amico, vero?"

"Certo" avrebbe pianto per quella cerbiatta se la tensione di saperne di più non l'avesse salvato da due facili lacrime.

Traversarono insieme il locale. Carnevale di Rio e sala di orrendi delitti. Tette, cosce, colori, cuori rossi, troppo rossi e intestini. Plasticaccia. Piume e paillettes in un angolo. Fantasie di lambada o mattatoio?

Il commissario seguiva la cerbiatta, i cui fianchi ondeggiavano appena. D'improvviso la donna si fermò. Esitò. Quindi sbottò con una voce più aggressiva

"È un amico, vero? Allora deve vedere gli ultimi risultati" Non fece in tempo a fiatare, il commissario, e già la signora era nuda. "Guardi, tocchi" "Lasci stare" "Lo fanno tutti"

"Io non posso"

"Deve"

Era bella e imperiosa. Ubbidì. D'altra parte chi l'avrebbe saputo e chi l'avrebbe creduta?

Una pelle di velluto ricopriva una carne compatta. Rivestiva muscoli perfetti. Il commissario fu rapito dal contatto. La percorse con la mano, senza tralasciare niente.

A un tratto fu colpito dalla constatazione che non sentiva tepore, ma neppure freddo. La signora non tremava, la sua temperatura doveva essere né più né meno quella dell'ambiente esterno.

"Ha avuto un calo di pressione?" domandò imbarazzato il commissario.

"No. G. non ha ancora messo a punto il sistema di riscaldamento"

"Non fa freddo in casa"

"Non quello. Il mio, quello interno"

L'uomo guardava in giro, cominciava a provare un'inconfessabile paura. Il suono del campanello lo riportò a sensazioni più normali.

" Vado io" le disse " lei intanto si vesta"

"Va bene"

Attraversò il laboratorio e gli sembrò che passassero giorni. Camminò sotto il sole impotente dopo avere perforato la notte che, fuggendo la luce, si addensava sulle pareti del grande locale. Concentrata come lo zucchero in una tazza da thè che nessuno si è preso la cura di mescolare. In quella stanza il buio aveva spessore. L'aveva attraversato a fatica con l'equivoco dubbio di avere varcato una soglia importante. Arrivato alla porta d'ingresso si sorprese nell'atto di chiedersi se l'abitazione che aveva alle spalle fosse stata reale.

"Commissario, il bambino non esiste" Uno dei suoi uomini gli riferiva concitato l'esito assurdo della visita a scuola. L'agitazione era tale che ogni parola finiva per fondersi con la successiva.

"Calma, ripeti con calma"

"Abbiamo chiesto in direzione e poi a tutte le scuole. Non esiste quel bambino!"

"Un figlio di quell'uomo o di quella donna... non esiste..." Considerava ad alta voce il commissario come fosse da solo. Gli occhi neri seguivano un'ombra. Così parve ai suoi uomini.

"Andate in centrale e riferite che faccio un po' di straordinari. Ci vediamo domani"

Chiuse in fretta. Quel caso era suo.

Voltò le spalle alla porta.

"Hai visto che sguardo aveva il commissario?"

"Un uomo strano lo è sempre stato. Dici che... con la donna?"

"Perché no! Se tu potessi non ne approfitteresti?"

Si era fatto tardi; il giorno seguente ci sarebbe stato di che chiacchierare.

Non gli restava che oltrepassare la luce anemica e poi la notte. Superare la soglia dell'appartamento privato e venire a capo della cosa. In qualunque modo possibile. Lanciò un'occhiata al banco da lavoro. Alla luce dei nuovi reperti somigliava a un museo. Dalle antiche tecniche di lavorazione del legno, alle più innovative elaborazioni virtuali. Forse c'era un giardino sul retro ed al posto dei nani donne grasse, di pietra.

La signora aveva spento le luci, eccetto quella della cucina.

"G. mi dice di risparmiare" furono le prime parole al ritorno del commissario.

Si fece coraggio, e ne aveva bisogno.

"Va bene... ora basta. Venga con me" non sarebbe stato necessario usare alcuna forma di coercizione. La donna lo stava precedendo nella direzione che gli occhi di lui le avevano indicato.

Gambe, braccia, copricapi e lustrini. E il dilemma ritornava: mattatoio o lambada?

"Vuol sapere di queste?" la donna teneva in mano una gamba con il piede rivolto verso l'alto. Rovesciata

"G. mi adora e per me vuole il meglio. Quando incontra una donna che a suo modo di vedere ha un particolare anche minimo migliore di quello che io possiedo, lo cattura con lo sguardo. Viene a casa e lo riproduce. Questo è il laboratorio nuovo. All'ingresso ha allestito l'antico. In omaggio alla storia che ha prodotto la mia esistenza"

Ripeteva la lezione con foga come se l'avesse fatta sua.

"Ci sono stati periodi di confusione anche per lui, certo. Ci sono stati momenti in cui mi cambiava continuamente parrucca. Non sapeva se farmi più magra o più in carne. Ma ora è tutto risolto. Mi ama."

"E va bene. Passiamo al computer. Me lo apra"

"Non so farlo."

"Certo. Non capisco neppure perché gliel'abbia chiesto... la password. Quale mai può essere? Proviamo. Mi dica il suo nome"

"Eleonora"

Fu facile, anche troppo. Una tale semplicità allontanava le riflessioni del commissario dalle ipotesi criminali.

Lo schermo era interamente occupato dal bel volto di Eleonora. Le immagini che via via seguivano, a lei si avvicinavano, la sfioravano, le somigliavano quasi in tutto, ma non erano lei. Il commissario rincorreva lo schermo battendo sui tasti e le forme, i colori, in risposta, gli invadevano gli occhi.

La donna alle spalle stava in piedi. Silenziosa. Anche lei era attenta. Seni di varie fogge, soli. Poi avvolti da mani maschili. Fianchi, inguini di ambo i sessi. Chi aveva programmato il computer sembrava cercare l'unione perfetta. Le due parti da unire. Magari per sempre.

Il commissario sentiva salire l'eccitazione. Anche i corpi smembrati gli parlavano di sesso.

"Signora, non ha mai fatto l'amore?" le domandò con la voce insicura di chi si sta proponendo. Gli occhi arrossati, il cervello confuso, affaticato dalla luce dello schermo.

Invece lei rispose tranquilla

"No, il mio interno non è ancora perfetto. Funziona, ma bisogna collaudarlo."

Quella che era nata come una risposta tecnica fu colta come fosse un invito. Il commissario iniziò a spogliarsi, poi passò alla donna.

Era docile; l'aveva previsto. Poco più di una bambola. Eppure qualcosa gli diceva che, se avesse insistito, le avrebbe regalato piacere.

La notte passò facendo l'amore. Non l'aveva mai fatto in quel modo. Fino a che sentì il corpo di lei appena più caldo. Venne anche un lamento, quindi un bacio sincero.

L'alba stava schiarendo il cielo che potevano vedere dalla finestra. Il commissario la accarezzava raccontandole che fuori iniziava la giornata. Gli uomini che l'avevano accompagnato il giorno precedente sarebbero arrivati al lavoro di lì a poco. Se non li avesse chiamati sarebbero stati loro a farlo.

Nel caffè già si stava parlando.

"Non si sa niente?"

"Il commissario non si fa sentire"

"No. Ha chiamato. Dice di avere bisogno di tempo."

Qualche voce clandestina su quel caso anomalo già volava qua e là. Si posava sulle bocche per poco e spiccava subito il volo. Il suo nido era il bar di una piazza del centro. Erano chiacchiere poco convinte perché ancora mancava il contorno preciso della storia.

Esisteva soltanto il dato di fatto che il commissario aveva passato la notte ad interrogare una bella signora, la cui mente vacillava e il cui corpo invitava al contatto.

Nient'altro senonché era solo.

Questa storia avrebbe senz'altro allagato la città e cullato gli abitanti sulla marea appena increspata della consueta fantasia di provincia.


"Vieni vicina e raccontami ancora della vita fra queste mura" Il commissario avvolgeva la donna con un braccio. La sentiva sua da un tempo impreciso. Come se fosse stato ancor prima di essere.

La riportò al computer "Andiamo avanti".

Perché lo facesse era dubbio. Non pensava di certo alle indagini, ma allo strano oggetto d'amore che abbracciava costantemente.

Belle foto scorrevano sullo schermo. Panorami, particolari di città. La campagna dei dintorni e le isole lontane.

Elena parlava senza che lui chiedesse. "Così G. mi porta in giro per il mondo"

"Mi vuoi dire che di qui non esci mai? Neppure con lui?"

"Qui sono nata. Lui mi tiene al riparo dalla vita. Dice che là fuori non potrei cavarmela. Mi porta un pezzo di mondo alla volta, di modo che io non mi disorienti"

"E quando decide di cambiarti un particolare del corpo, ti fa male?"domandò l'uomo con l'incertezza di chi teme di essere causa lui stesso di un rinnovato dolore.

"Prima no, ora invece, da quando sta mettendo a punto il cervello io provo dolore. Non molto, ma soffro un pochino"

"E lui?"

"Lui si comporta in uno strano modo. Da un po' cerco di capirlo, prima quasi non me n'accorgevo. Vedevo, perché gli occhi funzionavano. Adesso vorrei capire cosa gli sta succedendo quando mi toglie un braccio ed io mi lamento e lui mi abbraccia forte. Sempre più forte. Avvicina il mio corpo al suo. Fino a che sembra assopirsi per qualche minuto. Poi si sveglia e mi accarezza. Dice di volermi fare felice, quando sarò in grado di capire che cos'è la felicità"

"Povera bambina!" si lasciò sfuggire il commissario e fra sé continuava "che individuo spregevole era. Sadico, pervertito. Se fosse vivo non so cosa gli farei".

G. era morto un paio di giorno prima. Colto da un infarto mentre si trovava con amici. L'avvocato F. e il geometra D. persone conosciute in città. Così era arrivata l'ambulanza a constatarne soltanto il decesso, non c'era più niente da fare. Gli altri due erano tornati in famiglia a raccontare alle mogli cos'era successo. Avevano aggiunto che era un tipo insolito di cui si potevano pensare stranezze. A loro comunque non interessava. In omaggio alla privacy bisogna rispettare tutto ciò che un uomo di sé vuole tacere. In realtà conoscevano il gioco, ma nessuno di loro ne avrebbe mai parlato. Un segreto di quelli che non chiedono soltanto silenzio, ma un'opera assidua di rimozione. Cancellare dal ricordo, trasferirlo nell'inconscio e magari sognare di notte una donna, tanto bella da non poter essere mai posseduta.

Il commissario dovette mettersi in contatto con la centrale. Cercava di tirarla per le lunghe. Era sicuro di poter rimandare l'intervento di altri. Senonché gli fu posto un quesito sconcertante.

"Commissario, sua moglie è preoccupata. Che cosa possiamo dirle?"

La realtà prende sempre per la gola.

"Ditele che la chiamerò io in giornata. C'è abituata del resto!"

Sarebbe stato semplice se già il passaparola cittadino non avesse raggiunto la soglia della porta di casa. Suonava il campanello e diceva

"Come sta tuo marito? Sai a casa siamo tutti preoccupati... Un'indagine condotta da solo... Chiuso in casa... non sarà pericolosa, quella donna? Dicono che non sia sana di mente. E poi nessuno sapeva che era sposato. Stanno cercando anche il figlio. Sparito"

La moglie invitò l'amica ad entrare

"Racconta"

La cerbiatta riposava con il capo appoggiato alla spalla dell'uomo. Tanto dolce quanto bella.

"Con te potrei anche morire" e riprese a fare l'amore.

"Sai che non sono fatta di carne" si schernì la donna, come a dirgli non ne vale la pena.

Ed invece ogni piccolo accenno di coscienza alimentava la convinzione dell'uomo di amare sul serio. Amare fino a concepire il sacrificio più estremo e finire i suoi giorni con un tiepido pupazzo fra le braccia. Esattamente come i suoi bambini. Un orsetto riscaldato al posto del seno della mamma.

"Tu sarai ogni giorno più vera, se mi starai vicino"

"Io non posso G. mi ha fatta. Sono sua e di chi lui decide mi debba avere. Così mi dice, quando parla del futuro."

"Taci. Non dire cose di cui ancora non conosci il significato. Io ti farò l'anima, come lui ti ha dato uno splendido corpo. Ma era freddo, prima che tu mi conoscessi. Continua a tacere e ascolta. Quello che tu vedi sullo schermo del computer è là fuori. Ti farà piangere e gioire. Sentirai il freddo sulla pelle, perché avrai la temperatura corporea di un essere umano. Suderai per il calore del sole. Quello vero, che non è solo luce... in poche parole vivrai, come me, come gli altri."

Il primo broncio infantile sul viso perfetto.

"Non so dirti se ne sarò contenta"

"Proseguiamo, cerchiamo tuo figlio ora"

Fu facile trovarlo, bastava schiacciare i tasti giusti e da un file all'altro costruire la vita.

Era un ragazzino tra i sette e gli otto anni normale. Somigliava a tutti i ragazzini della sua età. Anzi ne era l'emblema.

Sullo sfondo, dietro la sua figura vestita di jeans e t-shirt un campo incolto, dall'erba bassa, consumata da condizioni sfavorevoli, in parte secca, calpestata e confusa con il terreno argilloso e compatto. Lontano dall'essere terra. Oltre, case basse di periferia. Potevano appartenere a una zona residenziale, composta da villini di poco diversi l'uno dall'altro. E giardini fra di loro del tutto simili. Le stesse piante, le stesse siepi. E ancora un cielo dal colore indefinito, forse estivo, forse del primo autunno, umiliato e velato dai fumi di qualsiasi città.

Un gelo insinuante, sulle prime un accenno, come se l'abitazione non fosse più riscaldata, si impossessò degli arti dell'uomo.

Di fianco al bambino una bicicletta coricata, di quelle che andavano per la maggiore fra i ragazzini, fatte apposta per i dossi dei campi. I capelli castani gli coprivano la fronte sfiorandogli le sopracciglia. I suoi occhi guardavano verso un punto indefinito. Pareva non si rivolgesse a nessuno, sembrava venuto al mondo da solo. Non cercava, non chiedeva. Il suo sguardo era fermo. Era stato inventato.

"È tuo figlio?" chiese il commissario con un senso di pena.

"Sì, è un bel bambino vero? Lo guardo sovente, ma non è la sua unica immagine. Vai avanti!" Ed ancora c'era lui colto in situazioni diverse. Ad un tavolo mentre faceva i compiti, che sorrideva agli amici. Che giocava e viveva sullo schermo le situazioni più tipiche della vita di un ragazzino cresciuto in un mondo immune dalla fame, lontano dalle guerre. Con in mano la certezza del domani.

"Gli voglio bene, sai?"

Era quella la frase che non avrebbe voluto sentire.

Sullo schermo il bambino correva la sua gara fasulla. Vinceva.

Il gelo gli arrivò al cuore questa volta. Gli sembrò di ingoiarlo come un sorso di acqua ghiacciata. Per qualche secondo gli chiuse la gola.

Il commissario uscì dal programma e lo schermo fu grigio.

"Perché l'hai spento?"

"Vuoi ancora vederlo?"

"No, non credo. Penso che G. lo porti a casa, prima o poi"

Ora in città si diceva che G. fosse stato pericoloso. Si era sparsa la voce che in vita imbalsamasse arti di donna, uccise chissà quando e dove. In viaggi lontani. Si pensava all'oriente, quello estremo, che pareva ancora più in là rispetto alla vita cittadina. India, Africa. Importava ed esportava piacere. Feticista incallito. Si raccontava della sua bella schiava, europea o pakistana, che teneva incatenata al letto e le aveva usato violenza, fino a farla uscire di senno.

Tutto ciò si narrava verso l'ora di pranzo.

La questura, dal canto suo, taceva. Non trapelava nessuna informazione dalla sede del centro città.

A casa del commissario verso le 12 era squillato il telefono

"Sai qualcosa?"

"Niente, mamma. Ora vado a prendere i bambini"

"Tanto vale che te lo dica. Si dice che tuo marito abbia fatto carte false per poter rimanere con la donna, ma è meglio che non parli, figlia mia. Ricorda comunque che c'è sempre tua madre!"

La moglie riappese. Doveva correre a scuola.

"Come mai ti lega al letto?" finalmente riusciva a domandare. Dimenticata l'indagine voleva sapere, ora; perché viveva nella convinzione di amare quella donna.

"Non lo fa lui. Mi lego da sola perché so che è giusto. Del resto, da quando G. ha messo mano al cervello, mi capita di avere impulsi che non conoscevo. Come quello di uscire e cercare quei posti, quelli che vedo sullo schermo del computer. Cercare l'aria che si respira là fuori. G. mi racconta di ogni luogo che ha registrato in memoria. Se cerchi trovi anche gli effetti sonori. Mi dice di volermi rivelare il segreto di nascita e morte. Dice anche che io non conosco la vita. Poi un giorno gli ho detto che volevo mio figlio. Mi ha fatto capire che è meglio aspettare e io mi lego per non aprire la porta e uscire a cercare un bambino. Del resto ha ragione, nell'arco di breve tempo non desidero più niente. Io dimentico in fretta, lui lo sa"

La risposta risultava convincente.

Spiegava il perché del pavimento odoroso di resine, appena lavato nonostante la cerbiatta fosse apparsa al commissario legata ad un letto.

Sublime martire di una religione che l'uomo non aveva conosciuto. Spiegava inoltre i nodi morbidi, posticci. Lenti e pigri come il corpo di donna che l'aveva stregato.

Era bella, Eleonora, non poteva pensare che la sua fosse solo un'esistenza di bambola, forgiata e inventata dall'altrui volontà. Animata da correnti alternate di pulsione animale e sentimenti. Preceduta e seguita da un vuoto totale di tensione. Già esisteva, la vita, nei meccanismi precisi creati dalla geniale follia di G. Notava ora soltanto, appesi alle pareti, accurati disegni di anatomia artificiale. Leonardeschi disegni di una donna scomposta. Gambe, mano, dieci unghie. Un progetto che niente poteva lasciare alla natura. E formule, formule infinite snocciolate per pagine e pagine, impilate su un tavolo fra *paillettes* e plasticaccia. Studi di fisiologia virtuale.

Fuori il giorno scorreva. Alla boa del mezzodì la luce ripiegava già verso notte. I bambini del commissario facevano i compiti mentre una madre nervosa li esonerava dal sapere che il padre era dato per disperso. Il telefono aveva squillato più volte, veicolo inerme di sottili allusioni e manifeste solidarietà. Da un'ora taceva per lasciare che i panni sporchi si lavassero in famiglia, nel rispetto di presunte ferite al cuore della moglie e dei figli.

Di G. invece si parlava dovunque sfogando doti impreviste di anonimi giallisti. Sceneggiature verbali si distribuivano con atto rapido e superficiale come qualunque volantinaggio pubblicitario.

Mostro o vittima.

La città si schierava, memore di antiche lotte di quartiere, dividendosi tra le due diverse bandiere. Il partito silenzioso già accennava alla sua formazione. Era gente più saggia e rispettosa, che taceva guardando con un certo sussiego chi si stava scaldando sulle opposte barricate.

Aveva meditato a lungo G., prima di morire, su quale fosse il momento opportuno per donare alla donna l'emozione. Costruiva continue ipotesi di situazioni propizie, modalità particolari perché la sua costola diventasse persona, ma dubbi e titubanze gli avevano rosicchiato poco alla volta la lucidità di pensiero. Rimandava a oltranza e gli amici aspettavano, con malcelata ansia, il momento di godere un po' tutti dello splendido corpo che G. aveva costruito. Avevano poi accettato l'idea di avere pazienza e attendere d usarla finché Eleonora stessa non avesse potuto condividere con loro i piaceri dell'amore. Vivevano così, nell'attesa di un momento eccezionale, la quotidiana vita di provincia, appagati dalle visite saltuarie e dalla constatazione che valesse la pena aspettare.

Un giorno per primi avrebbero amato un angelo. Ma i percorsi della vita sono casuali e l'incidente alle coronarie di G. era stato mortale, cosicché Eleonora era rimasta sola, nella sua imperfezione.

G. per giunta non aveva parenti ed era intervenuta la polizia. un commissario dagli iridi neri aveva amato per primo la splendida bruna incosciente del fatto di aver avviato un motore non ancora collaudato o soltanto bramoso di arrivare in anticipo sugli altri, almeno una volta nella vita. E comunque totalmente travolto da una piena che non era soltanto di sensi e d'amore, ma aveva rivelato lentamente una corrente insinuante ambigua e perversa, malcelata tra il corso irruente dei molteplici eventi.

A notte ormai dichiarata, la calma e il silenzio si andavano trasformando in tensione. Lo sguardo dell'uomo era caduto sulla luce artificiale dell'illuminazione stradale che gli aveva rivelato l'esistenza dimenticata di una casa e un lavoro. La sua fronte si era corrugata, la bocca serrata come quella di chi sta provando un dolore. Fu in quella che Eleonora sbottò

"Fammi vedere mio figlio!"

Il commissario la fissò titubante, l'espressione del suo viso rivelava chiaramente che la mente era altrove e tardava a tornare, inoltre era stanco, avrebbe voluto dormire e chiedere una tregua all'amore. Non pensava che la donna avrebbe insistito, ed invece lo fece. Fu costretto a una risposta, ma temeva di farla soffrire ritornando sul viso di un bimbo programmato al computer. E così sospirò coccolando la sua gatta bruna come fosse bambina. Il suo corpo sinuoso non stava perdendo magia. Ci sarebbe morto, per amarla.

A un tratto Eleonora si stiracchiò, guardò in giro nel buio della stanza, come se avesse sentito qualcosa.

"È strano, G. non arriva."

L'uomo si ritrasse indispettito. Fino a ora non ci aveva pensato, ma G. era pur sempre un rivale. Non sapeva se la mente di Eleonora concepisse il ricordo o meglio fino a che punto il ricordo si potesse legare al

sentimento, ma il motore si era avviato e non poteva tacere, doveva comunicarle la morte del convivente
"G. ha avuto un infarto"

"E allora !?"

Non capiva, non sapeva, non provava sensazioni. Doveva essere più esplicito

"G. è morto"

Aspettò. Non ci fu reazione. La fissava nel volto alla luce di una debole lampada per poter percepire ogni minima increspatura su quel viso perfetto. Sicurezza, freddezza. Lei drizzò la testa come a dire "Io sono"

"Allora accompagnami tu da mio figlio!"

"Non so dove sia" le rispose smarrito.

"Hai il computer, cerca!" Fu l'imperativo di Eleonora.

Finse di lavorare per ore su file e programmi, per non darle risposte e tirare l'alba nuova che sarebbe comunque arrivata a concludere la sua strana storia. Così almeno sperava e la speranza gli guidava la mano dolente per il duello interminabile con tasti sempre meno docili. Fino a che gli parve un pestaggio da cui sarebbe uscito malconcio. I suoi uomini sarebbero arrivati prima o poi. Avrebbe inventato qualcosa. Là fuori si parlava, ma ogni scandalo può anche rientrare se si esce a testa alta.

Il mondo lo aspettava sconfitto o vincente. Una moglie, suoceri e figli. Era stanco per amare ancora, ma di quello che lo stava aspettando cominciò ad avere paura.

Eleonora si stava innervosendo. Una donna come tante. Ansimante alle spalle, assillante. Gli veniva da pensare che sarebbe stata una madre apprensiva.

Faticava a tener ritto il capo, dondolava la testa come belva drogata dal domatore. Sarebbe rovinato sulla tastiera dove avrebbe dormito per ore, quando un ultimo guizzo fece sì che mandasse tutti al diavolo, compresa Elena. Compreso se stesso.

"Tuo figlio non esiste. È un'invenzione di G."

Esclamò aspettando che la città intera si piegasse su di lui come fosse un fondale di cartone e lo ingoiasse. Da lì in poi si sarebbe lasciato travolgere da qualsiasi fiume, si sarebbe lasciato annegare, ma le lacrime della donna gli mossero un sentimento d'amore inatteso, che il suo corpo ancora riusciva a produrre. Ed in lui si mescolò nuovamente, fino a fargli provare dolcezza.

Eleonora singhiozzava e spiegarle come G avesse creato il bambino al computer fu l'ultimo atto che il commissario compì sulla spinta dell'amore. Poi si buttò su una poltrona e voleva veramente soltanto dormire, il volto tirato, le palpebre chiuse, la barba di giorni.

Eleonora invece si alzò asciugandosi gli occhi con un gesto infantile e sparì.

Non si fece domande. La storia ormai era all'epilogo. Nessuno dei protagonisti avrebbe potuto più interferire per modificare la scena finale. Non sapeva quale sarebbe stata, ma in fondo non gl'importava. Bastava che fosse.

La morte, la condanna cittadina, l'indice di tutti puntato verso di lui, peccatore così grande nei confronti degli affetti, della vita sociale e dell'arma di polizia.

Oppure il suicidio di Eleonora, dell'essere umano o della donna scomposta. Si era assopito in pochi secondi e sognava nel sonno agitato che ogni parte del corpo di lei vivesse da solo, senza che fosse persona. La mano chiamava con un cenno il braccio a cui doveva riunirsi, il busto vibrava d'amore e gli occhi dolcissimi guardavano il mondo, gemelli inseparabili, cercando la testa a cui appartenevano.

Fu svegliato da passi leggeri che mai avrebbero disturbato un sonno ristoratore d invece interruppero l'incubo, sfondando le dighe di Morfeo per far sì che la vita irrompesse nel sogno del commissario.

Era Eleonora pettinata, truccata e vestita di piume e *paillettes*.

A piedi nudi perché non possedeva scarpe, se non due pantofole in feltro che usava quando scendeva dal letto. Non le aveva calzate, probabilmente il suo senso estetico nascente le aveva trovate inadeguate.

Nient'altro c'era in casa, che si potesse indossare e non fosse la gonna che portava fra quelle pareti.

"Dove vai conciata in quel modo?"

"A cercare marito per fare un figlio!"

Stava uscendo travestita da puttana di circo. L'avrebbero vista e indicata come la sua amante.

L'assurdo sarebbe diventato una storia qualunque.

Chi avrebbe creduto alla sua testimonianza?

E lui, l'imbecille di turno. O il pazzo.

www.ingramcontent.com/pod-product-compliance
Lightning Source LLC
Chambersburg PA
CBHW050904180626
46814CB00007B/2890